Mord in Siegburg-Stallberg

AF236884

1

Rhein-Sieg-Kreis Krimi

Mord in

Siegburg- Stallberg

Der 14. Fall der Kommissarin Thekla Sommer

© **Kersten Wächtler**

www.rsk-krimi.de

Bibliografische Information der Deutschen Nationalbibliothek:

Die Deutsche Nationalbibliothek verzeichnet diese Publikation in der
Deutschen Nationalbibliografie; detaillierte Daten sind im Internet über
http://dnb.dnb.de
abrufbar

1.Auflage
Erschienen 05/2021
Copyright © 2021 Kersten Wächtler
Coverbild: © Sandra Rösgen (San Di SR)
Herstellung und Verlag: BoD – Books on Demand, Norderstedt
ISBN: 9783752670707

Alle Personen und Tathergänge sind frei erfunden.

Ähnlichkeiten mit lebenden oder toten Personen sind rein zufällig

» … und gerade deshalb sage ich und dafür gibt es auch wissenschaftliche Beweise, dass jeder Einzelne eigens dafür verantwortlich ist, für das was er ist. Das soziale Gefüge um uns herum sowie die Erziehung der Eltern prägt unser Leben, doch für das was wir verkörpern, jeder Einzelne von uns, sind wir selber prägend. Gott oder wie man auch immer den Schöpfer bezeichnen möchte, hat uns unseren freien Willen mitgegeben. Den freien Willen, uns so oder „auch anders", entscheiden zu können und unseren Lebensweg selber zu gestalten. Für das Empfinden des eigenen „ICH" sind nicht andere verantwortlich zu machen, wenn man nicht gerade eine „ICH-Störung, wie es in der Psychologie heißt, hat. Was macht uns als Mensch eigentlich aus. Es ist nicht das Aussehen, der erlernte Beruf oder das materielle Eigentum, - es ist unser Charakter, unsere Interpretation der Erfahrungen und unsere ureigene Gedankenwelt. Wer sagt denn zum Beispiel, dass wir so alt sein müssen, wie unsere Kalender und die Fotoalben uns widerzuspiegeln versuchen? Ist es nicht eher so, dass wir, wenn wir stets dreißig sein wollen, dies auch sein können. Denkt einmal darüber nach, jeder Einzelne von Euch, wie alt Ihr innerlich seid. Denkt Ihr an Eure Kindheit, seid Ihr plötzlich acht oder elf Jahre, - denkt Ihr an Eure erste große Liebe, seid Ihr plötzlich zwanzig oder fünfundzwanzig. Ihr seht, Euer eigener

Geist, Eure Gedanken, erschaffen das, was Ihr zu sein scheint. Folglich liegt es an jedem von Euch selbst zu entscheiden, ob Ihr dreißig Jahre alt sein wollt und Euch entsprechend fühlt und dementsprechend für Euch handelt oder ob Ihr Euch in die „Hände" des sozialen Drucks der Allgemeinheit begebt und dem nachgebt, was das „soziale Umfeld" von Euch erwartet und Euch „aufzwingt". Ihr seht, - Ihr alleine entscheidet. Außer, es liegen die bereits erwähnten „Ich-Störungen" vor. Ich-Störungen sind psychische Störungen der Selbstwahrnehmung und Störung der „Ich-Umwelt Grenze", wie zum Beispiel Derealisation, Depersonalisation, Gedankenentzug, Gedankeneingebung, Fremdbeeinflussungserlebnisse. Sollte dies in Betracht kommen, reden wir juristisch von einer krankhaften seelischen Störung und somit unter Umständen von Schuldunfähigkeit. Näheres und ins Detail gehendes, möchte ich Ihnen gerne in meinem angebotenen Beitrag, der im nächsten Monat hier an gleicher Stelle stattfindet, erläutern ebenso die operative Vorgehensweise im kriminalpolizeilichen Dienst Ihrer täglichen Arbeit. Ich danke Ihnen für Ihre Aufmerksamkeit«.

Mit diesen Worten schloss Felix Bähr seinen Vortrag zu dem Thema: „Die psychologischen Hintergründe eines Täters für seine Handlungsweise", im Foyer des, an der Frankfurter Straße gelegenen Polizeipräsidiums des Rhein-Sieg-Kreises. Die angebotenen Vorträge des in dieser Dienststelle erst seit kurzem angestellten Polizeipsychologen, wurden immer mehr angenommen. Er war eingestellt worden, um den Beamtinnen und Beamten den Druck der täglich wachsenden Einsatzbelastung in einer Welt von immer größer werdendem Gewaltpotential bei sinkender Altersgrenze der Täter, entgegenzuwirken. Dies sollte in persönlichen, intervallmäßigen Einzelgesprächen aber auch in solchen Vorträgen stattfinden. Unabhängig davon, war er auch stets als Ansprechpartner zu sehen, wenn es darum ging ein eventuelles nicht offensichtlich vorhandenes Tatmotiv für verschiedene, oftmals bestialische Verbrechen, herzuleiten.

*

Nachdem Thekla Sommer, Leiterin der Dienstgruppe II der Siegburger Mordkommission und ihr Lebenspartner und Arbeitskollege Robert Hanf, endlich Feierabend hatten, bereiteten sie die Wohnung auf den anstehenden Besuch vor, in ihrem gemieteten kleinen Haus auf der Straße „Am Stallberg" im gleichnamigen Siegburger Stadtteil. Theklas Sohn David, der bei seinem Vater in Kaldauen wohnte, hatte sich mit seiner Freundin Jana Kaminski, die in einer Parallelstraße von David wohnte, angemeldet. Auch Theklas Vater, Peter Sommer, der als pensionierter Hauptkommissar der Bonner Kripo in Bornheim lebte, war ebenfalls von David zu dem

9

Gespräch gebeten worden. Das Abendessen hatten Thekla und Robert ausfallen lassen und sich stattdessen an Roberts Lieblingsimbiss, Imbiss Paul in Kaldauen, jeweils eine Currywurst mit Fritten gegönnt. Robert hatte unterwegs noch einen Kasten Warsteiner Pils besorgt, denn schließlich sollte keiner am Abend an Durst leiden. Gegen zwanzig Uhr waren alle im Wohnzimmer versammelt. David freute sich sehr seinen Opa und dessen Frau Franziska Sommer, die er nach der Scheidung von Davids Oma geheiratet hatte, wieder einmal zu sehen. Während des ausgiebigen Gesprächs, teilten David und dessen Freundin Jana mit, dass sie ihren ursprünglichen Wunsch, ebenfalls in den Polizeidienst eintreten zu wollen und bei der Kripo Karriere zu machen, aufgeben wollten. Lieber, so hatten sie es sich überlegt, wollten sie nach ihrem im nächsten Jahr anstehenden Abitur, andere Wege einschlagen. Die beiden hatten sich bei Amazon Prime den Film „War Room", aus dem Jahre 2016 angesehen. Dieser Film hatte bei den Beiden so starke Emotionen freigesetzt, dass Jana nun den Wunsch verspürte, lieber Psychologie und David hingegen lieber Theologie, zu studieren.

»Entgegengesetzter geht es nicht mehr«, meinte Robert lächelnd, als er sich einen Schluck aus der vor ihm stehenden Bierflasche gönnte.

David entgegnete. »Wieso entgegengesetzt? Du hast zwar vom Grundsatz her Recht, jedoch ist die Intention beider Berufe nicht eigentlich die Gleiche? Als Polizeibeamter bekämpft man das „Böse", entweder als Prävention oder in der Aufklärung einer Straftat. Als Theologe bekämpft man das „Böse", wenn man es bereits im Keime ersticken lässt, indem man Gottes Wort und die Existenz „Jesus Christus" nicht anzweifelt, sondern aktiv verkündet und sich dem „Bösen" entgegenstellt. Wir«, dabei schaute David zu seiner Freundin Jana, »sind mehr und mehr davon überzeugt, dass unser künftiger Ansatz zu einer harmonischeren und friedvolleren Welt, in dem Verkünden der Existenz Gottes und seiner Sicht des geistigen „Miteinander" unter uns Menschen, zur Verhinderung einzelner Straftaten, Rechtfertigung findet«.

»Das sind wahrhaft rechtschaffene Ansätze«, meinte Peter Sommer, der die Meinung seines Enkels wohlwollend betrachtete, »gerade auch in der Verbindung Theologie und Psychologie«, er wechselte seinen Blick von David zu Jana, »kann sich eine überaus harmonische Symbiose ergeben«.

Das weitere Gespräch verlief sehr angenehm, obwohl es von zahlreichen unterschiedlichen Standpunkten her betrachtet wurde. Als sich David und Jana, die beide keinen Alkohol getrunken hatten, verabschiedeten und sich mit Davids Motorroller auf den Weg nach Kaldauen machten, war es kurz vor Mitternacht. Der Vollmond reflektierte das Sonnenlicht so stark, dass man fast ohne das Licht anzuschalten hätte fahren können. Theklas Vater und dessen Frau übernachteten im Gästezimmer bei Thekla. In dem ehemaligen Kinderzimmer von David war ein Schreibtisch für diverse Schreibarbeiten sowie ein großes Gästebett untergebracht.

Gegen drei Uhr wurde Thekla wach. Sie hörte das Martinshorn eines herannahenden Feuerwehrwagens. Aus dem Schlaf gerissen, meinte sie zunächst, der Wagen würde bei ihr vor der Tür stehen, jedoch ein Blick durch das geschlossene Fenster vom Bett aus, zeigte kein Blaulicht, deshalb schlief Thekla wieder ein. Etwa fünfundzwanzig Minuten später wurde Thekla, diesmal jedoch auch alle anderen Schlafenden wieder geweckt, als das Telefon des Hausanschlusses klingelte. Thekla hatte ihr Handy ausgeschaltet als sie sich ins Bett legte.

»Bollenkamp«, meldete sich Alfred Bollenkamp, Leiter der aus drei Dienstgruppen bestehenden Mordkommission des Polizeipräsidiums Siegburg, »sorry, dass ich mitten in der Nacht stören muss, - aber wir haben einen neuen Fall«.

»War ich heute nicht als „dienstfrei" im Dienstplan eingetragen? « fragte Thekla, die sich vor Müdigkeit die Augen rieb.

»Doch, - eigentlich schon«, meinte Alfred, den alle nur liebevoll „Fred" nannten, »aber das muss irgendwo in Deiner Nachbarschaft sein. Die Feuerwehr wurde zu einem Autobrand gerufen und fand eine halbverbrannte Leiche vor. Die hinzugerufene Streifenwagenbesatzung informierte mich, da sie einen Mann vorfanden, der fürchterlich zugerichtet war. Aus ihm schienen große Stücke seines Fleisches herausgeschnitten worden zu sein. Schaut Euch das mal bitte an. Lisa Drollig und Peter Ludwig werde ich jetzt sofort informieren«.

Thekla war augenblicklich hellwach. »Lass mal ruhig. Die Kollegen aus meiner Dienstgruppe werde ich selbst hierher bestellen. Wo genau ist der Tatort? « fragte Thekla kurz.

»"Am Grafenkreuz", am Zaun zum TÜV-Gelände. Das muss eigentlich in Deiner Nähe sein«.

Thekla war erschrocken. »Ja genau, das ist keine hundert Meter von hier. Wir gehen sofort dorthin, ich informiere noch schnell Lisa und Peter«.

»Was ist denn los? « fragte Robert, der noch auf dem Bauch liegend, das warme Bett hütete.

Thekla zog ihm die Bettdecke vom nackten Körper. »Mach schnell, - ein neuer Fall hier in unmittelbarer Nachbarschaft«.

Als sie sich angezogen hatten und die Treppe nach unten ins Erdgeschoss hinuntergingen, kam Peter Sommer verschlafen aus dem Gästezimmer. Er rieb sich die Augen, als er fragte was los sei.

»Leg Dich wieder hin Papa«, meinte Thekla leise, um Franziska nicht zu wecken, »wir haben einen Einsatz. Es ist fußläufig nur zwei Minuten von hier«.

»Ich ziehe mich sofort an und komme mit«, meinte Peter.

»Nein! «, meinte Thekla nun resolut, »Du bist nicht mehr bei der Mordkommission, sieh es bitte endlich ein. »Du wartest bitte hier bis wir wiederkommen. Dann erzähle ich Dir von dem Fall«.

»Wir bringen vielleicht auch frische Brötchen von der Tankstelle auf der Zeithstraße mit«, meinte Robert, dem wieder einmal sehr am leiblichen Wohl gelegen war.

*

Als die Beiden am Ort des Geschehens eintrafen, sperrten die Kollegen der Streifenpolizei gerade weiträumig den teilweise abgebrannten Pkw ab.

»Ihr seid aber schnell hier«, sagte der Polizist, der die Beiden aus der Siegburger Wache kannte.

Thekla schmunzelte, als sie meinte: »Sozusagen ein Toter vor der Haustüre. Was ist geschehen? «

Der Kollege erklärte, dass die Feuerwehr von einem Anrufer, der gegenüber der Brandstelle wohnt, angerufen wurde. Er meldete den Brand im Motorraum eines Wagens. Der Anrufer war aufgewacht, weil der Vollmond ihn unruhig schlafen ließ. Danach sei er aufgestanden und wollte sich eine Flasche Wasser ans Bett holen, wobei er dabei aus dem Fenster schaute und den Brand sah. Da die Feuerwehrwache am Ende der Zeithstraße untergebracht ist, waren die Einsatzkräfte innerhalb von drei Minuten vor Ort und begannen augenblicklich mit dem Löschen. Aus diesem Grund hatte das Feuer auch nur den vorderen Teil des Wagens zerstört und drang in den Fahrgastraum ein«.

Der Einsatzleiter der Feuerwehr, der hinzugekommen war und das Gespräch mitverfolgte, sprach weiter: »Der Kollege Alexander«, er zeigte auf einen Mann, der damit beschäftigt war, den nun wieder wasserleeren Schlauch

15

aufzurollen, holte geistesgegenwärtig den Mann aus dem unverschlossenen Wagen und warf eine Löschdecke über ihn. Der Mann war allerdings bereits tot. Die über den Kopf gezogene Plastiktüte, die an seinem Hals verschnürt war, ließ er auf meine Anweisung unberührt. Ich wollte keine Spuren beseitigen, da der Mann, wie gesagt bereits tot war«.

»Da haben Sie vollkommen richtig gehandelt, wie auch Ihr Kollege Alexander«.

Thekla ging zu dem Toten mit dem nackten Oberkörper um ihn sich genauer anzusehen. Was sie aber sah, ließ in ihr einen Brechreiz hochsteigen. Sie musste sich erst einmal umdrehen, um sich zu beruhigen. In dem Moment kam auch der Mercedes-Vito angefahren, in dem die Kollegen der Spurensicherung saßen. Der Leiter dieser Truppe kam zu Thekla, schaute sich den Leichnam kurz an und meinte:»Endlich mal etwas Neues. Nicht immer nur Schussverletzungen oder eingeschlagene Schädel«. Der Tote wies neben der übergestülpten Plastiktüte an beiden Oberarmen, fein säuberlich abgezogene Haut auf. Das rohe Fleisch schien zwischen Ellenbogen und Schulter, wie filetiert herausgeschnitten zu sein.

»Quasi nur das Beste „Muskelfleisch" hat sich da jemand gegönnt«, meinte der Leiter der Spurensicherung, bevor er seine Kollegen heranwinkte, die sich gerade die weißen Overalls angezogen hatten.

»Dann kann man davon ausgehen, dass der Brand als Verdeckungstat gelegt wurde?« fragte Thekla in Richtung des Feuerwehreinsatzleiters.

Dieser nickte, als er sagte:»Davon ist auszugehen. Da der Tote den Wagen nicht angezündet haben kann und eine Selbstentzündung auszuschließen ist«.

Lisa und Robert kamen zeitgleich am Tatort an und verließen ihre Autos.

»Oh mein Gott«, rief Lisa, als sie sah wie der Tote zugerichtet war.

Peter Ludwig, der sich den halb ausgebrannten Wagen bereits näher angeschaut und sich das hintere noch intakte Kennzeichen aufgeschrieben hatte, fragte schon über Handy den Fahrzeughalter ab. Als er sich Thekla, Robert und Lisa näherte, die immer noch bei den Männern der Feuerwehr standen, meinte er:»Der Wagen ist zugelassen auf „Heiko Honecker, Brabanter Str. 4 in Lohmar«.

»Sehr gut gemacht«, lobte Thekla,»schnelle Arbeit«. Dabei unterstrich sie ihre Aussage mit einigen leichten

Schlägen auf seinen Rücken im Bereich seiner
Schulterblätter.

Lisa Drollig ärgerte sich ein wenig, dass nicht sie auf
die Idee gekommen war, sofort das Kennzeichen
überprüfen zu lassen. Sie drehte sich um, um sich die
umliegenden Häuser anzuschauen. Als sie die
Überwachungskameras des TÜV sah, die sich auf dem
Gelände direkt neben dem Tatort befanden, das nur durch
einen hohen Zaun abgesichert schien, bemerkte sie stolz:
»Vielleicht ist ja etwas auf den Kameras«, wobei sie mit
ausgestrecktem Arm und dem Zeigefinger ihrer rechten
Hand, auf die Kameras zeigte.

»Wenn wir Glück haben, ist etwas darauf zu sehen,
wobei ich aber eher vermute, dass der Vorfall nicht
aufgezeichnet wurde. Kameras, die Privatgrundstücke
überwachen sollen, müssen so angebracht sein, dass sie
nicht in den öffentlichen Raum schauen können. So will
es die Datenschutz Grundverordnung«, entgegnete
Thekla, »dennoch Lisa, - ein sehr guter Gedanke! «

Der Einsatzwagen der Feuerwehr fuhr wieder in die
Feuerwache und die Kollegen der Schutzpolizei rückten
auch wieder ab, da dies jetzt alleinige Sache der Kripo
war. Die Leute der Spurensicherung würden noch einige
Zeit zu tun haben, auch an dem sichergestellten Fahrzeug,
der in die KTU des Polizeipräsidiums gebracht werden

18

würde. Der Leichenwagen kam und transportierte die Leiche in die Gerichtsmedizin nach Bonn zur genaueren Feststellung der Todesursache, obwohl diese augenscheinlich feststand. Thekla ging zum Einsatzleiter der Spurensicherung und fragte:

»Erster Bericht morgen früh? «

Der Mann nickte und entgegnete: »Wahrscheinlich am Vormittag«.

Thekla ging zu den wartenden Kollegen ihrer Dienstgruppe zurück. »Wir treffen uns um neun Uhr im Besprechungsraum. Am Vormittag kommen die Ergebnisse der Spusi. Bis dahin hoffe ich, sind die Ergebnisse der Wagenuntersuchung und der Bericht der Gerichtsmedizin auch schon da. Dann entscheiden wir, wie wir vorgehen.

Lisa und Peter nickten, gingen zu ihren Dienstwagen und fuhren nach Hause, um noch ein paar Stunden zu schlafen. Robert marschierte zur nahegelegenen Tankstelle, um einige frisch gebackene Brötchen zu besorgen und Thekla ging ins Haus zurück, in dem ihr Vater bereits aufgeregt wartete. Er war sehr neugierig auf das, was Thekla nun zu berichten hatte. War doch das langjährige „Ermittlerfeuer" in ihm wieder entfacht, welches er während seiner Pensionszeit verloren zu haben schien.

*

Peter Sommer saß bereits am eingedeckten Frühstückstisch. Er hatte den Tisch mit dem versehen, was im Kühlschrank zu finden war und es neben die frischen Brötchen gestellt. Als Thekla und Robert aus dem im oberen Stockwerk gelegenen Badezimmer die Treppe hinunterkamen, staunten sie nicht schlecht über den gedeckten Tisch.

Beim Frühstück erzählte Robert von dem Geschehen, zu dem sie eben gerufen wurden. Thekla stupste ihn unter dem Tisch an und schüttelte langsam den Kopf hin und her. Robert jedoch meinte: »Dein Vater gibt ja doch keine Ruhe bis er es weiß. Der Jagdtrieb ist in ihm erwacht«.

»Wir dürfen aber nicht über aktive Fälle reden, - dass weißt Du genau«, meinte Thekla.

»Also«, begann nun Peter Sommer seinerseits, da er schon das Wesentliche erzählt bekommen hatte, »wir hatten in der Bonner Mordkommission vor etwa acht Jahren einen ähnlichen Fall. Damals hatten wir, im Großraum des Dornheckensees in Bonn-Ramersdorf mehrere Leichen, die am kompletten Rumpf ihres Körpers gehäutet waren. Wir hatten mehrere Wochen ermittelt, kamen dem Täter aber nicht auf die Spur. Eines Tages meldete sich eine Frau bei den Kollegen der Schutzpolizei in Bonn-Dransdorf. Sie hatte in der Garage Überreste einer Schlangenhaut gefunden. Als die Beamten sich die Sache vor Ort ansahen, waren sie der Meinung, diese „Haut" untersuchen lassen zu müssen, da es sich um eine, aus Hautstücken genähte Decke zu handeln schien. Die Untersuchung im Labor bestätigte den Verdacht. Der Ehemann der Frau wurde sodann festgenommen, da er sexuelle Erregung dabei empfand, sich in der Garage mit der laienhaft gegerbten Decke abzudecken. Der Mann wurde vor Gericht zu lebenslanger Unterbringung in einer forensischen Klinik verurteilt. Ihm wurde, unter anderem Unzurechnungsfähigkeit wegen Schizophrenie und Wahnvorstellungen, attestiert«.

»Hoffentlich ist der Täter von heute Morgen nicht auch psychisch krank. Schließlich müssen und sollten diese Menschen einem entsprechenden Strafurteil unterworfen werden und nicht, wie die Made im Speck ein Leben auf Staatskosten in der Forensik führen«, meinte Franziska, die Ehefrau von Theklas Vater, die angewidert vom Tisch aufgestanden war und den Raum verließ.

*

Pünktlich um neun Uhr betraten Thekla und Robert den Besprechungsraum der Dienstgruppe II. Zuvor waren sie noch im Büro der TÜV Prüfstelle gewesen, um die Kameraaufzeichnung, der auf dem Gelände installierten Überwachungsgeräte zu überprüfen. Leider war es genauso, wie Thekla bereits in der Nacht vermutet hatte. Die Kameras waren so eingestellt, wie es der Gesetzgeber vorschrieb. Kein Bereich außerhalb des Geländes wurde von den Kameras erfasst.

»Guten Morgen zusammen, - konntet Ihr noch etwas schlafen? « begrüßte Thekla die Kollegen, die bereits am ovalen Tisch des Raumes saßen.

»Bei dem Anblick, der mir heute Nacht geboten wurde, muss ich erst einmal wieder zur inneren Ruhe finden«, meinte Lisa Drollig.

»Vielleicht kann Dir ja unser neuer Seelenfuzzi, der Felix Bähr dabei helfen«, grinste Robert und fügte hinzu, »dann hätte er zumindest eine Daseinsberechtigung«.

»Ja, im Ernst«, bestätigte nun auch Thekla, die Lisa anblickte, »der Felix ist auch für Krisenintervention bei uns Kollegen hier im Haus zuständig. Rede mal mit ihm«.

»Später vielleicht«, nickte Lisa, die das alles jetzt nicht hochschaukeln wollte.

»Was haben wir? « begann Thekla die Besprechung, als sie sich an die rechte Seite von Robert gesetzt hatte. Es hatte sich als fester Bestandteil eingebürgert, dass Robert und Thekla stets nebeneinandersaßen und auch die Ermittlungen, wenn eben möglich, gemeinsam erledigten. Seitdem die Beiden vor etwa über einem Jahr zueinander gefunden hatten und sich eine Liebesbeziehung entwickelte, wurde das für die anderen im Team ein fester Bestandteil. Die Beiden waren nicht nur ein nettes Paar, sondern ergänzten sich in ihrer Zusammenarbeit hervorragend. »Wie die Überprüfung des Kennzeichens ergab, die Peter Ludwig noch in der Nacht in Auftrag gegeben hatte, handelte es sich um das Fahrzeug von Heiko Honecker. Ob der Tote und der Fahrzeughalter übereinstimmten, konnte noch nicht festgestellt werden. Bei dem Toten wurden keinerlei Papiere gefunden. Vielleicht hat der Mörder diese an sich genommen, bevor er wahrscheinlich den Wagen entzündete, um die Tat zu verdecken. Robert und ich werden gleich nach Lohmar, zu der ermittelten Adresse fahren, um es zu überprüfen. Hier werden unsere Ermittlungsansätze starten. Die Kameras auf dem Gelände des TÜV brachten keine erneuten Hinweise. Dies haben wir eben bereits auf dem Weg hierhin, überprüft.

Sybille Salz, langjährige Kollegin im operativen Geschäft, die sich vor einiger Zeit in den Innendienst versetzen ließ und nun die „gute Seele" der Abteilung, hinsichtlich kriminalistischer Internetrecherchen war, meldete sich zu Wort.

»Ich habe eben schon mal eigenständig nach diesem „Heiko Honecker" recherchiert, um zu sehen, was das Internet oder unsere internen Dateien hergeben. Polizeilich ist der Name noch nicht registriert, jedoch steht bei Google nichts über irgendwelche Verbindungen zu dem bekannten „Erich" mit gleichem Nachnamen. Der in Lohmar wohnende Heiko Honecker ist Mitarbeiter eines großen Softwarehauses hier in Siegburg. Wie ich gelesen habe, ist der Mann vor fünf Jahren geschieden worden von Emilia Groß, wohnhaft in Sankt Augustin-Niederpleis. Sie hat ihren Mädchennamen wieder angenommen «

»Das steht alles im Internet? « wunderte sich Robert.

»Er hat einen Facebook-Account und ist recht mitteilsam, was sein Privatleben angeht. Dort habe ich allerdings keine Hinweise gefunden, welche zu solch einem Verbrechen führen könnten. Lediglich ist mir aufgefallen, dass in seiner Freundesliste auffällig viele junge Männer zu finden sind, deren Profilbilder mit Farben des Regenbogens versehen sind«.

»Was willst Du uns damit sagen? « fragte Robert.

24

»Diese Farben wurden im Stil eines Regenbogens von dem Künstler Gilbert Baker auf einer Fahne verwendet. Im Jahre 1978 entwarf er diese für den Gay Freedom Day. Seitdem gilt sie als Symbol für lesbischen und schwulen Stolz«, mischte sich Lisa nun ein.

Robert schaute Lisa skeptisch an und fragte sich, warum sie denn das alles so genau wusste. Musste man das wissen, wenn man sowohl Männer als auch Frauen liebte?

»Hier ist ein Bild von Heiko Honecker«, meinte Sybille, nachdem sie auf ihrem Tablett die Seite von ihm bei Facebook angewählt hatte.

Thekla nahm das Tablet zu sich herüber und meinte, »eindeutig der Tote von letzter Nacht. Trotzdem muss er von einem Angehörigen identifiziert werden. Wir werden heute sehen, ob wir jemand entsprechenden ausfindig machen können«.

Jetzt stand also fest, dass der Tote derjenige war, auf den auch das Fahrzeug zugelassen war, in dem er gefunden wurde.

»Lisa, - Du fährst bitte in die Firma, in der er gearbeitet hatte und erkundigst Dich in seinem Kollegenkreis nach ihm. Peter«, Thekla wechselte den

Blick von Lisa zu Peter Ludwig, »versuche Du bitte mit Frau Groß zu sprechen. Schließlich war sie mit dem Toten bis vor einigen Jahren verheiratet. Frage sie bitte nach dem Freundeskreis, seinen Gewohnheiten aber auch nach einem möglicherweise, Gebrauch von Betäubungsmitteln. Schließlich wurde der Mann in einer Seitenstraße an einem sehr ruhigen Ort umgebracht«.

Das Telefon im Besprechungsraum klingelte und Robert nahm den Hörer ab: »Hanf«, meldete er sich mit scharfem Unterton. Damit wollte er indirekt sagen „Du störst". Mit einem Blick auf Thekla übergab er den Hörer und flüsterte: »Bollenkamp«.

»Fred, was kann ich für Dich tun? Wir sind gerade in einer Besprechung«, meinte Thekla, die ihren Tonfall freundlich wählte, - nicht so wie Robert.

Thekla hörte eine Weile zu und machte Notizen auf dem vor ihr liegenden Schreibblock. Von Zeit zu Zeit hörte man sie nur »ja« und »ach« sagen. Alle Augen im Raum waren gespannt auf sie gerichtet. »Ist gut«, sagte sie zum Abschluss des Gespräches, »wir werden unser besonderes Augenmerk darauf richten und auch in diese Richtung ermitteln«. Dann reichte sie den Hörer an Robert zurück, der ihn in die Basiseinheit hängte.

»Also«, begann Thekla nun erneut in die Runde zu sprechen, »die Berichte der Rechtsmedizin und der KTU, die den Wagen untersucht hatten, sind da. Es stellt sich wie folgt dar. Der Wagen ist mittels eines Brandbeschleunigers angezündet worden. Wahrscheinlich wollte der Täter den Wagen vom Motorraum ausgehend in Flammen setzen, damit es danach aussehen sollte, als wäre der Brand durch einen technischen Defekt entstanden. Im Inneren des Wagens hat man verschiedene Sachen, wie Straßenkarten der Umgebung, verschiedene CDs, einen Schirm aber auch einige Zigarettenkippen der Marke „Marlboro" gefunden. Die DNA auf diesen Kippen ist allerdings nicht identisch mit der DNA des Toten. Ein Abgleich wurde durchgeführt. Leider ist dieser aber nicht in den uns zur Verfügung stehenden Dateien gespeichert. Auf dem Beifahrersitz sind Faserspuren einer Cordhose sichergestellt worden und auf dem Fahrersitz und dem Fußraum der Fahrerseite sind fast getrocknete Spermaspuren gefunden worden, welche dem Toten zuzuordnen sind. Aus dem Bericht der Rechtsmedizin geht hervor, dass die Plastiktüte über dem Kopf des Toten ursächlich für den Herzstillstand war. Es handelt sich also um „Tod durch Ersticken". Die Einschnitte in den Armen, welche das Abziehen der Haut ermöglichten, wurden mit einem sehr scharfen, kleinen Messer durchgeführt. Es wird vermutet, dass es sich um ein Skalpell oder ähnliches gehandelt hat. Mit der gleichen scharfen Klinge wurden auch die Fleischstücke aus beiden Oberarmen geschnitten.

Es hatte den Anschein, dass hier darauf geachtet wurde, die Stücke, fast wie bei einem Steak, im Ganzen abzuschneiden«.

Thekla legte ihre Notizen zur Seite.

»Kann man hier vielleicht von einem Sexualmord ausgehen?« fragte Peter Ludwig, »eine verlassene Stelle in einer Seitenstraße und dann noch Spermaspuren auf Fahrersitz und im Fußraum?«

Thekla presste ihre Lippen aufeinander und wiegte den Kopf hin und her, als sie meinte:»Schon möglich, aber wieso dann das Herausschneiden der Oberarmstücke?«

»Wir hatten doch Vollmond«, warf Robert ein, um dem Ernst der Situation etwas Aufheiterndes zu geben, »da war vielleicht ein Werwolf unterwegs«

»Oder aber«, nahm Lisa Roberts Bemerkung auf, »es war jemand, der auf Menschenfleisch steht und vorher aber noch seiner homophoben Neigung nachgehen wollte«.

»Das sind jetzt alles Mutmaßungen« meinte Thekla. »Wir müssen uns an Fakten halten und erst einmal die Befragungen der eben genannten Personen durchführen. Dennoch Lisa, - wir sollten auch ein Augenmerk auf

Deinen eben genannten, wenn auch weit hergeholten
möglichen Zusammenhang, legen«.

»Ein Menschenfresser? Hier in Siegburg? « Sylvia
schüttelte sich am ganzen Körper als ihr ein Schauer über
den Rücken lief.

»Abartigkeiten gibt es überall«, warf Peter ein, »nicht
nur woanders. Durchaus auch vor der eigenen Haustüre.

Thekla nickte und erhob sich von ihrem Stuhl.

»Also Leute, - Ihr habt Eure Aufgaben. Wir treffen uns
heute Abend wieder hier zur Fallbesprechung«. Thekla
hatte diese allabendliche Fallbesprechung mit dem
gesamten Team eingeführt, damit immer jeder auf dem
gleichen Ermittlungsstand war, wenn er seine
Ermittlungen wieder aufnahm.

*

Die dreiunddreißig jährige Assistenzärztin im
Siegburger Krankenhaus, Konstanze Will, hatte gerade
die Dusche ihrer Maisonettewohnung am Rande des
Siegburger Ortsteils Kaldauen, verlassen, als es an der

Tür klingelte. Sie hatte sich, nach einem anstrengenden Nachtdienst sehr auf ihr Bett gefreut, betätigte aber erfreut den Türöffner der Haustüre, als sie durch die Gegensprechanlage hörte, dass ihr neuer Bekannter, den sie vor zwei Wochen im Restaurant kennengelernt hatte, vor der Türe stand. Er hatte ihr erzählt, dass er Fliesenleger sei, was sie ihm anhand seiner gepflegten Hände nicht so recht glaubte. Lediglich sein muskulöser Körper und sein stahlhartes Becken, das Konstanze zu multiplen Orgasmen trieb, ließen auf einen durchtrainierten und kraftvoll arbeitenden Mann schließen. So war es auch eben gewesen. Wie von Sinnen hatten sie sich im Bett des im oberen Stockwerk gelegenen Schlafzimmers geliebt. Wie wild hatte er die, wie ein erlegtes Wild daliegende junge und erfolgreiche Ärztin befriedigt. Als der Liebhaber aus dem Badezimmer kam, stand Konstanze in ihrer ganzen Nacktheit dicht vor dem vollständig verglasten Giebel und schaute hinaus. War sie doch immer noch wie benebelt und hing in Gedanken dem erlebten nach. Sie sah den ebenfalls immer noch nackten Mann im Spiegelbild der Dreifachverglasung langsam von hinten auf sie zukommen. Sie ließ es geschehen, als der Mann sich ganz fest von hinten an sie presste und ihr Körper die Kälte des Glases zu spüren bekam. Die kleinen Brüste aber auch der Bauch und ihr Unterleib wurden fest gegen das Glas gepresst. Augenblicklich überkam sie die Wollust wieder. Wollte er etwa schon wieder Liebe machen? Der Druck seines Körpers wurde verstärkt und Konstanze nahm es fast die Luft weg. Er packte sie von hinten in die langen Haare und zog den Kopf fest in den Nacken. Konstanze liebte die manchmal brutale Art, wie er sie nahm. Sie spürte, wie sich unter dem Schmerz, der sich unter dem Zug an ihren Haaren entwickelte, gleichsam eine unbändige Lust im Zentrum ihrer Weiblichkeit entfaltete. Sie war bereit dazu, jeden Moment seine Männlichkeit in sich aufzunehmen. Den Körper der jungen Frau immer fester an die Scheibe drückend und die Haare mit der linken Hand noch weiter nach unten ziehend, schaute der Mann auf den gestreckten Hals der Frau. Sie spürte, wie er seinen rechten Arm hochhob und in Richtung ihres Halses führte. Sie rechnete damit, dass er nun mit den Fingerspitzen an ihrer Schläfe vorbei, den Hals bis zum Kehlkopf berühren würde. Im Bruchteil einer Sekunde stellte sie sich auf die Berührung ein, was fast gleichzeitig zu einem leichten Zittern ihres Unterleibes führte. Die geschlossene Hand des Mannes glitt von rechts an dem Gesicht der Frau, die mit geschlossenen Augen in voller Erwartung auf einen tollen Moment war, bis zu ihrem linken Ohr vorbei. Dann öffnete er die Hand und legte ein bis dahin verdeckt gehaltenes Skalpell frei. Sie spürte den Schnitt, der ihre Kehle durchtrennte erst, als ihr dunkelrotes Blut entwich und gegen die deckenhohe Verglasung des Schlafraums spritzte. In weniger als zwei Sekunden sackte die Frau tot auf den in hellem Beige gehaltenen Teppichboden zusammen. Dieser färbte sich

31

sofort mit dem Blut in ein rotes Schlachtfeld. Der Mann allerdings schnitt Konstanze in aller gebotenen Sorgfalt ein Stück ihrer rechten Pobacke ab, nachdem er dieser säuberlich die Haut abgezogen hatte. Nun musste er sich beeilen, um dieses Menschenfleisch gemeinsam mit dem in der Nacht erbeuteten Fleisch des Mannes, welches in einer Kühlbox im Auto liegend auf ihn wartete, auf einem Holzkohlegrill zuzubereiten. Diesen Kohlegrill hatte er in einem nur wenige Kilometer entfernten, fast unzugänglichen Versteck, aufgestellt.

*

Lisa Drollig traf an dem Softwarehaus ein und betrat es, nachdem sie ihren Dienstwagen auf dem großen Parkplatz an der Hubertusstraße abgestellt hatte. Sie betrat die großzügige und lichtdurchflutete Halle des pompösen Eingangsbereiches, der vollkommen mit hellem Marmor ausgestattet war. Auch wenn es sich dabei um poliertes Marmorimitat handelte, so war hier sehr viel Geld investiert worden. Der Herr vom Sicherheitspersonal, der auch für den Empfang der Gäste zuständig war, wirkte sehr höflich und souverän als er den Dienstausweis von Lisa überprüfte, den sie ihm zeigte, als sie sich ihm vorstellte und nach dem Chef der Firma fragte. Nachdem der Mann telefoniert hatte, um Lisa anzumelden, wurde sie gebeten einen Moment in der mit Leder bezogenen kleinen Sitzgruppe im rechten Eingangsbereich, Platz zu

nehmen. Es dauerte keine drei Minuten bis ein
gutaussehender Mann etwa Ende vierzig, in einem
graumelierten Designeranzug aus dem Aufzug des
vierstöckigen Hauses ausstieg und Lisa mit ausgestreckter
Hand entgegenkam.

»Sind Sie die Kommissarin? « fragte er lächelnd,
»guten Tag, mein Name ist Marius Meier. Was kann ich
für Sie tun? «

Lisa schien im ersten Moment etwas irritiert, dachte sie
doch bei Programmierern immer an durchgeknallte Typen
in Jeans und T-Shirt, die außer den Bits und Bytes ihrer
Computer höchstens noch die entsprechenden
Programmiersprachen und Zahlencodes im Kopf hätten, -
nicht aber an so gut riechende und gepflegte Männer, wie
diesen Herrn Meier. Sie stand auf und reichte dem Mann
ihre rechte Hand.

»Lisa Drollig«, sagte sie, nachdem sie sich bewusst
geworden war, dass sie am Empfang nach dem Chef
gefragt hatte und der natürlich seine Firma repräsentieren
musste und nicht in Jeans im Büro saß, »Kriminalpolizei
Siegburg. Ich habe nur eine kurze Frage«, sie holte das
Foto aus ihrer Jackentasche, welches sie im Präsidium
ausgedruckt hatte, nachdem sie es von Facebook kopierte,
»kennen Sie diesen Mann? «

Herr Meier nahm das Bild in seine Hand und meinte lächelnd, »na klar, das ist Heiko Honecker, - einer unserer fähigsten Mitarbeiter. Worum geht es? Hat er etwas verbrochen, - oder warum fragt die Kripo nach ihm? «

»Herr Honecker wurde letzte Nacht Opfer eines Gewaltverbrechens«, antwortete Lisa ohne Emotionen zu zeigen, »wir sind gerade dabei uns ein Bild über das private Umfeld des Mannes zu verschaffen. Gibt es vielleicht Kollegen, die Herrn Honecker auch privat kannten? «

»Heiko ist, - Heiko war erst seit einem Jahr hier im Unternehmen. Wir, damit meine ich meine Kollegen und mich, haben außer hier in den Räumlichkeiten keine Berührungspunkte. Sie müssen wissen, dass die geistige Arbeit und Konzentration, die hier gefordert wird, dermaßen anstrengend ist, dass wir privat absolut abschalten und uns nicht über die Arbeit austauschen wollen«.

»Also kann mir keiner ihrer Leute etwas zu Herrn Honeckers privatem Leben sagen? « fragte Lisa sehr skeptisch und misstrauisch.

Herr Meier machte eine ausladende Bewegung mit seinem linken Arm, wobei seine Hand in Richtung des Aufzugs zeigte.

»Bitte, - selbstverständlich können Sie sehr gerne meine Mitarbeiter im Haus befragen. Gehen Sie ungehindert in jedes Büro, - Sie erhalten hiermit die Genehmigung dazu«.

Lisa stand auf, lächelte und meinte, anstatt sich zu verabschieden:»Danke, - das Angebot nehme ich gerne an«. Sie ging mit Herrn Meier zum Aufzug und befragte die Mitarbeiter der einzelnen Büros. Leider war es genauso, wie der Firmeninhaber es gesagt hatte. Jeder der einzelnen Männer fühlte sich privat nicht mit den Kollegen verbandelt und lebte in seinem eigenen sozialen Umfeld.

*

»Ich kaufe nichts an der Haustüre, ich will meinen Telefonanbieter nicht wechseln und ich spende auch nichts an den Malteser Hilfsdienst oder für „Tiere in Not"« sagte Frau Emilia Groß, als sie die Haustüre öffnete, nachdem Peter Ludwig dreimal geklingelt hatte. Sie schloss die Türe, noch bevor der Kriminalbeamte seinen Ausweis zeigen konnte. Verärgert über das Verhalten dieser Frau, klopfte Peter mehrmals an die Tür, bis diese wieder ruckartig geöffnet wurde. Noch bevor Frau Groß etwas sagen konnte hielt Peter ihr seinen Ausweis vor ihre Nase uns sagte laut;»Kriminalpolizei Siegburg«. Diese Aussage hallte laut durch das

Treppenhaus des Mehrparteienhauses. Emilia Groß
öffnete daraufhin die Türe weit und bat Peter schnell in
die Wohnung. Es war ihr auf einmal peinlich, dass jemand
etwas mitbekommen würde.

»Sind Sie Frau Emilia Groß? « fragte Peter, nachdem
die Wohnungstüre geschlossen war. Die Frau nickte und
fragte worum es ging?

»Es tut mir leid, das sagen zu müssen, Ihr Ex-Ehemann
Heiko Honecker ist gestern Nacht ermordet worden.
Können Sie mir etwas über seinen näheren
Bekanntenkreis oder seine Gewohnheiten erzählen? «

Frau Groß schien wenig erschrocken oder überrascht.
Es war eher so, als würde sie diese Nachricht gar nicht
berühren. Teilnahmslos sagte sie: »Wir sind seit fünf
Jahren geschieden. Wir hatten, Gott sei Dank, keinen
Kontakt mehr. Fragen sie doch das Flittchen, mit dem er
jetzt zusammenlebt«.

»Sie hatten schon lange keinen Kontakt mehr mit ihm,
wissen aber dass er jetzt wieder mit einer anderen Frau
zusammenlebt? « fragte Peter verwundert.

»Eine Nachbarin von gegenüber hat mir das erzählt.
Sie hat die Beiden mal in einem Supermarkt getroffen.
Das Küken hatte sich dabei so lasziv an Heiko geschmiegt

und ihm immer wieder über den Po gestreichelt. Na ja, - wenn er das braucht?

»Flittchen? Küken? – Was meinen Sie damit? «

»Ach, - finden Sie das mal selber raus. Ich habe jetzt weder Zeit noch Lust, mich weiter mit Ihnen über diesen Mann zu unterhalten. Wenn das alles war, darf ich Sie bitten jetzt wieder zu gehen«. Frau Groß öffnete die Wohnungstüre, hinter der sie sich die ganze Zeit über in der Diele unterhalten hatten.

»Ich danke Ihnen für die Auskünfte«, meinte Peter höflich, wie es sich für einen Menschen mit Anstand gehörte. Auf dem Weg zu seinem Dienstwagen schüttelte er allerdings den Kopf und dachte: »Was war das denn für eine Schnepfe? «

*

Unterdessen waren Thekla und Robert in das Einfamilienhaus in der Brabanter Straße 4 in Lohmar gebeten worden. Die sechsundzwanzigjährige Iris Engels hatte die Beiden ins Haus gelassen, nachdem sie sich als Kommissare der Siegburger Mordkommission ausgewiesen hatten.

»Kommen Sie bitte herein«, hatte sie freundlich gesagt und ging vorweg ins Wohnzimmer, »worum geht es? Darf ich Ihnen etwas anbieten? Kaffee oder Wasser?

Noch bevor Thekla dankend ablehnen konnte, meinte Robert: »Kaffee bitte«.

»Nehmen sie bitte Platz«, Iris Engels zeigte auf die Clubsessel, die am Wohnzimmertisch standen und ging in die Küche. Thekla jedoch schaute Robert wütend an, als sie meinte: »Immer das gleiche mit Dir. Man kann sich immer nur blamieren«.

»Wieso blamieren? Wir sind doch gefragt worden? « meinte Robert unbedarft und naiv wirkend. Thekla wusste, dass das eine Masche von Robert war und setzte sich kopfschüttelnd hin. Kurze Zeit später kam die junge Frau aus der Küche. In der Hand hielt sie ein Tablett mit drei Tassen Senseo-Kaffee und einem Milchkännchen. Nachdem sie die Tassen verteilt hatte, sagte sie: »Heiko ist noch nicht da, - waren Sie verabredet? «

»Entschuldigen Sie«, begann Thekla nun ganz vorsichtig die Konversation, »wir sind nicht mit Herrn Honecker verabredet, - aber können Sie uns bitte sagen, wer Sie sind? «

38

»Ich bin Iris Engels, - die Freundin von Heiko. Wir sind seit fast einem Jahr zusammen und seit einem halben Jahr wohne ich hier in seinem Haus. Worum geht es denn? Was will die Polizei von ihm? «

Thekla sprach sehr behutsam und in gemäßigtem Ton, nachdem sie einen Schluck des köstlich riechendem Kaffees getrunken hatte:»Frau Engels, - wir müssen Ihnen leider mitteilen, dass Ihr Freund in der letzten Nacht, einem Gewaltverbrechen zum Opfer gefallen ist«.

Mit weit aufgerissenen Augen und einer Hand vor ihrem Mund fragte sie:»Ist er …? « Sie wagte nicht, das Wort auszusprechen, - zu ängstlich war sie bei dem Gedanken.

Thekla schaute ihr tief in die Augen, bevor sie wortlos nickte.

Tränen schossen der jungen Frau in die Augen und liefen ihr über das sorgsam geschminkte Gesicht. Mit beiden Händen hielt sie sich die Augen zu, als sie in sich zusammensackte und von ihrem Sessel zu Boden rutschte.

»Hol schnell ein Glas Wasser aus der Küche«, rief Thekla zu Robert, ehe sie sich um die am Boden liegende Frau kümmerte. Diese stand, mit Theklas Unterstützung ganz langsam wieder auf, nachdem sie sich zuerst auf den Fußboden gekniet hatte.

»Haben Sie eine Ahnung, wo er gestern Abend hingehen wollte?« fragte Robert, der Iris das gefüllte Wasserglas anreichte.

Diese schüttelte unter Tränen den Kopf. »Er redete in den letzten zwei Wochen kaum noch mit mir«, sagte sie.

»Worüber haben Sie sich gestritten?« fragte Thekla.

»Wir haben uns nicht gestritten«, schluchzte Iris Engels, »er war immer nur mit seinem Computer beschäftigt, - wir waren sogar kaum noch zärtlich miteinander, obwohl wir am Anfang kaum voneinander lassen konnten«.

»Hat er eine andere kennengelernt?« fragte Robert.

»Das kann ich mir nicht vorstellen«, meinte Iris, »er hat doch alles von mir bekommen was ich geben konnte. Außerdem waren wir doch beide glücklich«.

»Hat er vielleicht am Computer gezockt?« fragte Thekla.

Iris schüttelte den Kopf. »So einer war er nicht. Eigentlich war er immer froh, wenn er von seiner Arbeit

40

kam, nicht mehr an den Computer zu müssen. Seit einigen Wochen jedoch verbrachte er jeden Abend in seinem Zimmer vor dem Bildschirm«.

»In seinem Zimmer? « fragte Thekla erstaunt.

»Ja sein Computerzimmer im Obergeschoss«, Iris deutete mit dem Zeigefinger ihrer linken Hand in Richtung der Zimmerdecke.

»Dürfen wir das Zimmer einmal sehen? « fragte Thekla.

Gemeinsam gingen die drei die Treppe hinauf und betraten das „Computerzimmer". »Hier hat er oft stundenlang gesessen. Ich bin manchmal hereingekommen und habe ihm etwas zum Trinken gebracht, aber jedes Mal hat er mich angeschrien, ich hätte nichts in dem Zimmer zu suchen, wenn er am Computer wäre«.

»Sehr seltsam«, wunderte sich Thekla und fragte: »dürfen wir den Computer mitnehmen? «

Iris schüttelte den Kopf. »Das geht doch nicht, - ich kriege den größten Ärger«. Als sie sich jedoch bewusst wurde, dass ihr Freund tot war, fing sie wieder an zu weinen, nickte mit dem Kopf und willigte ein.

Robert klappte den geöffneten Laptop zu. »Haben Sie das Kennwort?« fragte er.

Iris Engels schüttelte den Kopf.

»Das kriegen unsere Jungs der IT-Abteilung bestimmt raus«, meinte Thekla. Als die drei wieder im Erdgeschoss waren, verabschiedete sich Thekla mit den Worten: »Wir kommen bestimmt noch einmal auf Sie zu. Sobald der Leichnam freigegeben wird, rufen wir Sie an«.

Iris Engels riss erneut die Augen auf, versenkte aber unter einem Weinkrampf wieder ihr Gesicht in beide Hände.

Als Robert und Thekla wieder auf die Straße in Richtung ihres Wagens gingen, meinte Thekla: »schon alles irgendwie mysteriös«.

Robert nickte.

*

Thekla wählte von Lohmar aus nicht den direkten Weg über die Hauptstraße nach Siegburg, sondern bog rechts ab auf die B 56 in Richtung Much. Von hier aus gelang sie, als sie an der ersten Möglichkeit wieder rechts abbog, auf die Zeithstraße in Siegburg Stallberg. Sie wollte noch einmal ganz in Ruhe den Tatort und die dort, ganz nahe an ihrem Wohnort befindlichen, noch vorhandenen Schwingungen des morphogenetischen Feldes, auf sich wirken lassen. Kurz vor dem TÜV-Gelände kamen sie am Restaurant „Zum alten Stallberg", gegenüber einer dort ansässigen Star-Tankstelle vorbei und Robert bekam mal wieder richtigen Heißhunger auf die dort angebotenen Schnitzelvariationen oder das hervorragende Cordon-Bleu, die dort mit meisterlichem Können zubereitet und serviert wurden. Er war schon sehr oft mit Thekla dort gewesen, um von den leckeren und wohlschmeckenden Speisen sowie dem frisch gezapften Bier, verwöhnen zu lassen. Auch die Salate mit den schmackhaft zubereiteten Kreationen oder die an wechselnden Tagen angebotene Fischvielfalt, ließen sich die zwei, in der Nähe wohnenden Kriminalbeamten, hin und wieder schmecken. Ebenfalls am ganzen Stallberg und in Kaldauen bekannt, war die Küche des Restaurants „Zum alten Stallberg" für die frischen Reibekuchen, die immer dienstags auf der Tageskarte standen.

»Nein«, meinte Thekla, als sie den schmachtenden Blick von Robert sah, während sie an diesem Restaurant vorbeifuhren, »wir haben jetzt keine Zeit zum Essen. Die Kollegen sind möglicherweise bereits wieder im Präsidium und warten auf den Austausch aller zusammengetragenen Informationen. Vielleicht finden wir heute Abend Zeit dazu, bei den netten Gastgebern einzukehren«.

»Können wir denn wenigstens schnell in Kaldauen, Imbiss Paul anfahren, - für eine schnelle Currywurst? Du weißt, er bereitet doch seine Currysoße selbst zu und ich liebe diesen Geschmack so sehr«.

»Nein«, wiederholte Thekla in strengem Ton, »auch das machen wir jetzt nicht«. Es tat ihr sehr leid, Robert den Wunsch nach der Currywurst zu verweigern, da auch ihr Magen knurrte. »Wir werden heute Abend ins „Zum alten Stallberg" gehen. Dann kannst Du auch eine große Portion Deiner geliebten Schnitzel mit Kroketten und Salatgarnitur essen«,

Resigniert aber trotzdem glücklich bei dem Gedanken an das abendliche deftige Essen und die reichliche Portion, lehnte Robert sich gegen die Rückenlehne des Twingo, den Thekla jedem Dienstwagen vorzog. In Vorfreude grinsend, blieb er im Wagen sitzen, als Thekla versuchte, am Tatort die Geschehnisse der Nacht zu spüren, indem sie die „Schwingungen", wie sie es nannte, aufzunehmen versuchte. Robert glaubte nicht an diese imaginären, übernatürlichen Phänomene, ließ Thekla aber gewähren. Schließlich gehörte es ins Repertoire von Theklas Ermittlungen, das auch bereits einige Male in die richtige Ermittlungsrichtung führte.

Eine viertel Stunde später kam Thekla zurück zum Auto. Sie hatte den Wagen etwa dreißig Meter vom Tatort abgestellt, da sie nicht von Roberts Schwingungsfeld gestört werden wollte. Am Tatort selbst, hatte sie die Augen geschlossen und ganz ruhig geatmet. Sie hörte in sich hinein, bekam diesmal aber keine Bilder vor ihr „geistiges Auge", sondern es kamen ihr die Begriffe „Triebtäter", „Vollmond" und „Geisteskrankheit" in den Sinn. Keinesfalls würde sie dies irgendjemandem mitteilen, da sie nicht selber für geisteskrank erklärt werden wollte, jedoch würde sie es in ihren eigenen Ermittlungsansatz mit aufnehmen und berücksichtigen.

»Na? – hattest Du Eingebungen? « fragte Robert mit einem breiten Grinsen im Gesicht.

Thekla schaute zu ihm herüber, als sie auf dem Fahrersitz saß, startete den Wagen und schaute wieder durch die Windschutzscheibe auf die Straße. Dabei schüttelte sie leicht den Kopf, da sie auch Robert nichts von dem Erlebten erzählen wollte. Sie wendete den Wagen und fuhr über die Zeithstraße und die Wolsdorfer Straße zurück ins Polizeipräsidium. Hier gab Robert den im Hause Honecker sichergestellten Laptop bei den Kollegen der technischen Abteilung mit den Worten: »Schaut mal, ob Ihr den ans Laufen bringt, - Wir haben kein Passwort«. Danach ging er an Theklas Seite ins erste Obergeschoß, wo die Kollegen bereits im

Besprechungsraum warteten. Auf dem Flur dorthin klingelte Theklas Handy. Sie erkannte, dass Lisa Drollig anrief, die sofort begann:»Wo seid Ihr? Wir haben einen weiteren Fall. Bollenkamp hat uns gerade informiert, dass...«.

Thekla öffnete die Türe zum Besprechungsraum, immer noch das Handy am Ohr, und meinte »Wie? Einen neuen Fall. Wir sind doch mitten in den Ermittlungen«.

Lisa, die mit ihrem Rücken zur Zimmertüre saß, drehte sich um und schaute Thekla erschrocken an. Nachdem sich die Beiden über die amüsante Situation lustig gemacht hatten, erfuhr Thekla, dass eben die Meldung reingekommen sei, dass sich ein weiterer Mord ergeben hatte. Unweit des ersten Tatorts, sei die Leiche einer Frau mit durchtrennter Kehle in ihrer Wohnung gefunden worden. Auch hier seien Teile des Fleisches, diesmal aus dem Gesäß, herausgeschnitten worden.

Thekla und Robert hatten sich gerade an dem ovalen Besprechungstisch gesetzt, sprangen aber sofort wieder auf.»Ein Wiederholungstäter? « fragte Thekla in die Runde. Wir müssen sofort dahin. Die Lagebesprechung holen wir am Abend nach, wenn wir die neuesten Erkenntnisse aus dem zweiten Fall haben. Wo liegt der neue Tatort? «

»In dem Neubaugebiet zwischen Stallberg und Kaldauen, kurz hinter der "Zigeunerwiese" auf der linken Seite. Das Haus muss in der letzten Reihe vor dem Waldrand liegen«, meinte Lisa.

»Dann ist der zweite Tatort nur knapp einen Kilometer vom ersten entfernt«, stellte Thekla nüchtern fest. Beim Verlassen des Besprechungsraums und auf dem Weg in die Tiefgarage, meinte sie gedankenversunken: »Jetzt lasst uns hoffen, dass es nicht noch ein weiteres Opfer gibt, - obwohl? – der Vollmond ist doch jetzt vorbei? «

Robert, Peter und Lisa verstanden kein Wort und schauten sich, als sie das Treppenende fast erreicht hatten, sprachlos und fragend an.

*

Vor dem rot-weiß gestreiften Flatterband, das die Kollegen der gerufenen Streifenwagenbesatzung gespannt hatten, drängelten sich zwei Dutzend neugieriger Bewohner der Siedlung. Voller Spannung warteten sie darauf zu erfahren, warum denn hier zwei Streifenwagen, ein Rettungswagen, ein weiß lackierter Mercedes-Vito mit der Aufschrift „Spurensicherung" und nun auch noch zwei Zivilfahrzeuge der Polizei, standen.

»Nun macht mal Platz hier, - es gibt nichts zu sehen. Gehen Sie bitte nach Hause«, rief Robert laut, als sich die vier Beamten der Kripo den Weg durch die Menge suchten.

Ein uniformierter Kollege der Siegburger Wache hielt das Flatterband hoch, um den Kripoleuten behilflich zu sein. Mit ausgestrecktem Arm zeigte er auf die offenstehende Haustür und sagte: »erstes Obergeschoß, linke Seite, - die Maisonettewohnung«.

„Iris Engels" stand auf dem bronzefarbenen Schild an der Wohnungstüre. Thekla betrat als erste die Wohnung, in der sonst niemand zu sein schien.

»Hallo? « rief sie laut.

»Hier oben im Schlafzimmer, hörte sie jemanden von der Spurensicherung rufen.

Die vier Leute der Dienstgruppe II stiegen die Treppe hinauf und staunten nicht schlecht, als sie den riesigen, lichtdurchfluteten Raum sahen.

»Leute mit Geld! « meinte Robert.

»Aber tot«, gab Lisa zur Antwort, als sie die Frau sah, die von den Kollegen der Spurensicherung umringt wurde.

»Wer hat sie gefunden? « fragte Thekla einen der anwesenden uniformierten Kollegen. Dieser zeigte auf einen Mann, der in einer Ecke des Zimmers Platz genommen hatte. Thekla ging zu dem Mann und stellte sich vor: »Thekla Sommer, Mordkommission Siegburg«, sie streckte ihm zur Begrüßung ihre rechte Hand entgegen.

Der Mann erhob sich von seinem Platz. »Ludger Knecht«, sagte er, »ich habe Konstanze gefunden. Eigentlich hätte sie heute Nachtdienst gehabt. Vorher wollten wir noch eine Kleinigkeit bei dem Italiener am Siegburger Marktplatz essen. Deswegen wollte ich sie abholen«.

»Kollege? Nachtdienst? – Was machen Sie denn? « fragte Thekla.

»Wir arbeiten im Krankenhaus, Konstanze als Assistenzärztin und ich als Stationsarzt. Konstanze hat diese Woche Nachtdienst und ich hatte Frühdienst. Ich wollte sie eigentlich abholen. Die Haustüre unten stand offen und ich ging die Treppe zur Wohnungstüre hinauf. Als auch diese einen spaltbreit offen stand, betrat ich die

Wohnung und fand meine Kollegin hier vor. Als ich den Tod festgestellt hatte, informierte ich sofort die Polizei«.

Thekla nickte dem Mann zu, als sie sagte: »Geben Sie bitte meinen Kollegen Ihre Personalien an. Vielleicht brauchen wir Sie noch als Zeuge. Ach ja, - und den Kollegen der Spurensicherung geben Sie bitte Ihre Fingerabdrücke, - wegen dem Abgleich mit den weiteren hier gefundenen«. Danach drehte sich Thekla um und ging zu der am Boden liegenden Frau.

»Kehle durchgeschnitten und danach wahrscheinlich mit diesem Skalpell«, der Leiter der Spusi hielt ein Skalpell hoch, welches er zuvor in einem durchsichtigen Plastikbeutel verstaut hatte. »Der Täter hat, wie letzte Nacht, dem Opfer ein Stück Fleisch herausgeschnitten, diesmal an der rechten Gesäßhälfte. Vorher erfolgte, ebenfalls wie letzte Nacht, die großflächige Abtrennung der Haut. Das muss ein Irrer sein«.

Thekla schaute den Kollegen fragend an. Hatte sie doch am frühen Nachmittag einen Gedanken an einen Geistesgestörten gehabt.

»Ja, - Entschuldigung, - aber solche Fälle hatte ich in meiner Laufbahn noch nie. Herausgeschnittenes Menschenfleisch, da kann ich nur von einem Irren sprechen«, meinte der Kollege im weißen

Ganzkörperoverall, bevor er sich wieder von Thekla
abgewendet hatte, um sich seiner Arbeit zu widmen.

»Irgendwelche Spuren von Sexualverkehr? « fragte
Thekla noch.

»Wahrscheinlich hatte sie Geschlechtsverkehr. Näheres
jedoch nach der Obduktion« meinte der Spusileiter.

Thekla deutete auf ihre am linken Arm befindliche
Armbanduhr und meinte »Die Zeit drängt, - den Bericht
bitte schnellstmöglich auf meinen Schreibtisch«.

Als Thekla in Roberts Begleitung die Treppe nach
unten ging, fragte Robert: »Sag mal, - hatte der Täter
heute Nacht nicht auch ein Skalpell benutzt, als er die
Haut des Opfers abgezogen hatte? «

Thekla nickte.

»Kann es dann nicht sein, dass der Täter Zugang zu
solchem Werkzeug hat? – Vielleicht sogar in einem
Krankenhaus arbeitet? «

Thekla blieb abrupt auf der untersten Stufe der Treppe
stehen, »Oder ein Bekannter von jemandem ist, der
Zugang zu solchen Werkzeugen hat«, meinte sie.

Beide gingen erneut die Stufen nach oben, als ihnen der Mann, der gerade seine Fingerabdrücke bei der Spusi abgegeben hatte, begegnete.

»Eine Frage noch, - wissen Sie ob Frau Konstanze Will in einer Beziehung war oder eine nähere Bekanntschaft hatte? « fragte Thekla.

»Das kann ich Ihnen nicht sagen, - über Privates hat sie nie gesprochen. Da ist sie immer geschickt ausgewichen«

»ob sie Familie hat und wen wir benachrichtigen müssen, dass sie tot ist«, wollte Robert nun wissen.

»Keine Ahnung«, meinte der Stationsarzt, - da fragen Sie am besten die weiblichen Kolleginnen der Station auf der sie gearbeitet hat«.

*

Robert, Lisa und Peter gingen zu den weitläufigen Nachbarn des Wohnbezirks, um nach eventuellen Beobachtungen im entsprechenden Zeitfenster der Tat, Erkundigungen einzuziehen. Thekla selbst hatte sich vorgenommen im Krankenhaus bei Kollegen und Krankenschwestern, über die Tote zu recherchieren. Auch wollte sie herausbekommen, wer zu benachrichtigen sei, da sich diesbezüglich keine Anhaltspunkte in der

Wohnung finden ließen. Man verabredete sich für den späten Nachmittag im Präsidium, um die einzelnen Ergebnisse zusammenzutragen. Zuvor sollte Robert jedoch noch mit dem Hund, der für zwei Tage Gast im gemieteten Haus von Thekla war, Gassi gehen. Thekla und Robert hatten vor einigen Monaten, während diverser Recherchen in einem anderen Fall, in der Troisdorfer Fußgängerzone ein Ehepaar aus Wesseling-Keldenich kennengelernt, die eine English-Bulldog an der Leine führte. Thekla war beim Anblick des fünfjährigen Rüden sofort schockverliebt und auch „Sir Quo Vadis", wie der Hund hieß, war augenblicklich von Thekla angetan. Robert nannte es scherzhaft eine „Seelenverwandtschaft". Dieser Sir Q, wie ihn das Frauchen von ihm immer nannte, war nun für zwei Tage bei den Kommissaren als Hausgast bei ihnen, da „seine Besitzer" dringend im Krankenhaus einige Untersuchungen über sich ergehen lassen mussten. Sie befanden sich gerade in dieser unglücklichen Lage, kurzfristig niemand anderes als „Hundesitter" gefunden zu haben. Als sich Robert nach seinen Befragungen von Lisa und Peter verabschiedet hatte, um schnell mit Sir Q eine Runde Gassi zu gehen, war er eigentlich sehr froh über diese Abwechslung. Er hatte schließlich mächtig Hunger und wollte nicht bis zum Abend warten. Möglicherweise würde sich Thekla wieder umentscheiden und aus dem Besuch im Restaurant „Zum alten Stallberg" würde vielleicht nichts werden. So jedoch hatte er die Möglichkeit, Sir Q ins Auto zu setzen und an der Sieg zwischen Kaldauen und Siegburg, eine Runde zu gehen. Er hatte sich diesen Ort vorgenommen, um auf dem Rückweg nach Hause noch bei Imbiss Paul auf der Hauptstraße in Siegburg-Kaldauen, eine der leckeren Currywürste zu essen. Nach der freudigen Begrüßung durch Sir Q, setzte Robert den schweren Hund auf die Rückbank seines Dienstwagens und fuhr vom Stallberg aus in Richtung Kaldauen. Hier bog er nach rechts ab, um durch den Wald über einen Schleichweg, vorbei am „Haus zur Mühlen", in Richtung der Wahnbachtalstraße zu fahren. Anschließend lenkte er seinen Wagen wieder nach rechts, bis zum Nachtigallenweg am Fuße des Riemberg. Da er den Wagen hier am Beginn des Wolfsbergs ohne Behinderung irgendwelcher Anwohner, kurze Zeit abstellen konnte, schloss er den Wagen ab und ging mit Sir Q in Richtung der Wiesen an der Sieg. Nachdem dieser seine Geschäfte erledigt hatte, sah er jedoch in der Sieg mehrere große Fische, die er nun unbedingt fangen wollte. Nur mit Mühe und voller Kraftanstrengung konnte Robert den starken Hund von diesem Vorhaben abbringen. »Hat Sir Q so mächtigen Hunger? « überlegte Robert, dem nun auch schon der Magen zu knurren begann. »Komm, wir fahren zu Imbiss Paul und danach besorg ich Dir in dem neuen Tierbedarfshandel am Stallberg Pferdefleisch. Sir Q durfte, nach Aussage seines Frauchens, nur Pferdefleisch essen. Er hätte wohl vom Tierarzt diese Verordnung wegen einer seltenen Krankheit erhalten. Als Robert mit dem nun gebändigten Vierbeiner in Richtung des Dienstwagens ging, blieb Sir Q plötzlich, wie in Beton gegossen stehen und hob die Nase hoch in die Luft. Alles Zerren an der dicken Lederleine und alle netten Worte halfen nichts. Sir Q schien irgendeine Witterung aufgenommen zu haben. Aus Richtung des Riemberg, einem einhundertzwanzig Meter hohen Berg, der genau wie der Wolsberg und der Michaelsberg, aus porösem vulkanischem Gestein besteht, kam ein feiner Geruch von gegrilltem Fleisch herangeweht. Roberts Magen schien immer mehr zu rebellieren, denn mit diesem Geruch in der Nase, bekam er noch mehr Hunger. Er sprach Sir Q gut zu, er möge sich doch endlich bewegen. Einige Minuten später, als sich der angeleinte Hund immer noch nicht rührte und seine Nase weiterhin in den Wind hielt, entschloss sich Robert, den neben ihm stehenden Dienstwagen aufzuschließen und den Hund kurzerhand auf die Arme zu nehmen und auf die Rückbank zu setzten. Hierbei jedoch knackste es ein wenig in Roberts Wirbelsäule, da Sir Q bei einer Schulterhöhe von fünfundvierzig Zentimetern fast achtundzwanzig Kilogramm wog und Robert sich nach dem Anheben mit dem Gewicht auf den Armen etwas drehen musste um Sir Q richtig zu platzieren. Robert schloss die Autotür, als auch er auf einmal den Geruch sehr intensiv wahrnahm. Es war so, als würde sein Nachbar, der quirlige Italiener, mal wieder seine Steaks im Garten auf dem Holzkohlegrill vergessen. Es war ein Geruch, als ob Fleisch verbrennen würde. War es denn

überhaupt erlaubt, auf dem bewaldeten Riemberg zu
grillen? Oder kam der Geruch vielleicht sogar von einem
Camper an der Siegwiese oder aus einem der Gärten des
nahen Siegburg-Wolsdorf? Robert startete den Wagen,
rangierte an einem, am Wegesrand abgestellten kleinen
Lieferwagen vorbei und fuhr in Richtung Imbiss Paul.
Nun wollte er nicht nur zwei der beliebten Currywürste,
sondern auch noch eine große Portion der leckeren
Pommes mit der holländischen Frittjessauce essen.

*

Thekla wurde unterdessen von dem sehr freundlichen
und charmanten Rezeptionisten des Krankenhaus begrüßt.
Sie erhielt die Auskunft, dass Frau Konstanze Will im
zweiten Obergeschoss auf der Station als Assistenzärztin
tätig sei.

»Leider kann ich Ihnen nicht sagen, ob sie zurzeit
Dienst hat«, rief der Mann Thekla hinterher, die sich
bereits auf dem Weg zum Aufzug befand.

»Schon gut«, rief Thekla in Richtung der Rezeption,
als sie sich im Gehen kurz umgedreht hatte. Zu mehr hatte
sie keine Zeit, da sich die offenstehende Türe des Aufzugs
bereits schloss und Thekla es eilig hatte. In der zweiten
Etage suchte Thekla nach dem Schwesternzimmer der
entsprechenden Station. Sie kam an einem Zimmer

vorbei, das ein kleines, rechts neben der Türe befindliches Schild, die es als „Stationsarzt Zimmer" auswies. Thekla stoppte ihren schnellen Schritt, ging zwei Schritte rückwärts und klopfte an der Tür.

»Herein«, hörte sie eine weibliche Stimme. Als Thekla die Türe öffnete, sah sie wie sich eine junge Frau mit einem weißen Kittel bekleidet, von einer Liege erhob und sofort aufstand.

»Entschuldigung«, begann Thekla, »ich wollte Sie nicht stören«.

»Ist schon gut, - ich hatte mich nur einen Moment ausgeruht. Ich habe eben erfahren, dass ich einen Doppeldienst machen muss und wollte … «

Thekla hob beide Arme hoch und streckte die Hände mit nach vorne gerichteten Handflächen aus. »Oh, - ich muss mich entschuldigen«, sagte sie. »Sind Sie die Stationsärztin hier? «

»Ja, - Agnes Rodenstock« antwortete die Ärztin.

»Guten Tag, - Thekla Sommer, Mordkommission Siegburg«, Thekla schloss die Türe hinter sich und begrüßte die Ärztin mit einem festen Händedruck, da diese ihr die Hand entgegenreichte.

»Mordkommission? Sind Sie schon wegen Konstanze hier? «

Thekla war erstaunt. »Sie wissen es schon? «

»Ja, - ich habe es eben von der Klinikleitung erfahren. Konstanze soll umgebracht worden sein? «

Thekla nickte und meinte: »Richtig, - es muss gegen Mittag passiert sein, so die vorläufige Aussage des Mediziners unserer Spurensicherung. Kannten Sie Frau Will auch privat? «

»Wir waren, - naja, - wir waren etwas befreundet und trafen uns auch hin und wieder außerhalb der Klinik zum Essen. Ansonsten war Konstanze eine sehr engagierte und empathische Kollegin. Wir leiteten sozusagen diese Station gemeinsam. Deshalb muss ich auch heute die Doppelschicht machen«.

Können Sie mir sagen, ob Frau Will Angehörige hier hat oder wen wir verständigen können«

»Angehörige hatte sie hier, soweit ich weiß, keine. Sie kam aus Kiel zu uns, - aber warten Sie, - die Ärztin griff zum Telefon und wählte die Nummer der Abteilung „Personalangelegenheiten". Nach einem kurzen Gespräch war geklärt, dass Thekla die entsprechenden Auskünfte,

hinsichtlich der Eltern der verstorbenen Kollegin, in den
nächsten Minuten erhalten würde.

»Sie kannten sich also auch privat? « fragte Thekla,
»hat Frau Will auch etwas über eine nähere männliche
Bekanntschaft erzählt? Ich will jetzt wirklich nicht
indiskret sein, aber die Frage hat einen möglichen Bezug
zur Tat«.

»Wie ist Sie denn ums Leben gekommen? « fragte die
Ärztin erschrocken.

»Das darf ich Ihnen in einem laufenden Fall nicht
sagen. Außerdem stehen wir ganz am Anfang unserer
Ermittlungen«.

»Selbstverständlich«, diesmal war es Frau Rodenstock,
die ihre Hand mit einer entschuldigenden Geste hob.
»Konstanze erzählte mir, dass Sie einen tollen Mann
kennengelernt hatte. „Eine kräftige, gut gebaute Figur und
ein guter Liebhaber" hatte sie bei unserem letzten Treffen
erzählt. Was sie besonders zu reizen schien,- der Mann
schien bisexuell zu sein, - jedenfalls schien er diese
Neigung zu haben und hin und wieder auch dem eigenen
Geschlecht gegenüber nicht abgeneigt zu sein«.

Thekla dachte sofort an ihre Kollegin Lisa Drollig, die selbst noch nicht so recht wusste, zu welcher Seite sie sich hingezogen fühlte.

»Ja, es war sogar so«, sprach die Ärztin weiter, »als würde der Umstand der Bisexualität einen besonderen Kick bei Konstanze hervorrufen«.

*

Bei der abendlichen Fallbesprechung im Polizeipräsidium waren zunächst Peter Ludwig und Lisa Drollig daran, die neuesten Erkenntnisse ihrer Ermittlungen zu präsentieren.

»Wir hatten uns den Bereich der Nachbarschaft so aufgeteilt, dass jeder von uns jeweils zwei Parallelstraßen rund um den Tatort abgegangen war«, begann Lisa ihre Ausführungen. »Die direkten Nachbarn von der Toten kannten die Ärztin nur flüchtig, da sie die großzügige Maisonettewohnung erst vor einigen Monaten bezogen hatte. Ein etwa fünfzehnjähriger Sohn der Nachbarn erzählte mir, dass seine Eltern noch auf der Arbeit seien, jedoch sagte er, als ich ihn nach der Ärztin fragte, er hätte sie beim heimlichen Rauchen im Wald, der an den rückwärtigen Bereich des Hauses, in dem die Ärztin wohnte, einmal zufällig dabei beobachtet hatte, wie sie im oberen Bereich der Wohnung, dort wo die Fenster die

gesamte Raumhöhe einnahmen, splitterfasernackt am
Fenster gestanden hätte. Sie hatte ihn nicht sehen können,
da er Sichtschutz hinter den Bäumen fand und sich den
Anblick des schönen hüllenlosen Körpers sehr eingeprägt
hatte. Leider sei ihm dies nicht wieder geschehen, obwohl
er fortan immer diese Stelle zum Rauchen aufgesucht
habe«. Lisa unterbrach kurz, fügte aber schmunzelnd
hinzu: »Ich musste dem Jungen versprechen, dies nicht
seinen Eltern zu erzählen. Meine Frage, ob er denn
zufällig um den etwaigen Tatzeitpunkt auch dort Rauchen
war, verneinte er«.

»Ja, ja, - die Jugend von heute«, warf Robert ein.

»Wir waren doch auch nicht anders, - und Du ganz
gewiss nicht«, meinte Peter, »wir haben uns doch
während der Pubertät auch nach jungen Frauen umgedreht
und im Freibad erhofft, einmal ein Mädchen „oben
ohne" zu sehen«.

»… und gewiss nicht nur in der Pubertät«, sprach
Thekla den Satz zu Ende, wobei sie Robert grinsend von
der Seite ansah, da er links neben ihr saß.

Thekla schaute Peter an und fragte, wie seine
Ergebnisse aussahen?

»Erstaunlicherweise haben mir etwa siebzig Prozent der Hausbewohner, bei denen ich geklingelt habe, die Türe geöffnet. Erstaunlich viele, wenn man bedenkt dass in der heutigen Zeit doch die Paare meistens beide arbeiten gehen müssen, um sich eine hohe Miete und nicht gerade geringe Lebenshaltungskosten leisten zu können. Gerade auch weil doch die meisten Haushalte über ein, nicht selten sogar zwei Autos verfügen und man sich einen jährlichen Urlaub auch noch leisten wollte, wenn nicht zwei Urlaube im Jahr. Eine Frau meinte auf meine Frage hin, ob sie die Tote kennen würde, ziemlich schnippig: „Ach, - die war Ärztin? Deshalb konnte die sich immer diese teure hautenge Kleidung leisten? Wahrscheinlich ist sie auch ewig in einen Schönheitssalon gegangen, - so makellose Haut wie die hatte. Nein, - die kannte ich nicht weiter. Sie ist tot? – Dann können sich die Männer ja gar nicht mehr nach ihr umdrehen? So ein Pech aber auch". Danach schloss sie die Türe ohne weitere Worte und ließ mich einfach stehen«.

»Wie nennt man das im Rheinland? « fragte Robert und gab sofort selber die Antwort: »Stutenbissigkeit«, dabei lachte er laut, worauf er von Thekla einen Stuppser mit dem Ellenbogen bekam.

»An einer anderen Haustüre öffnete mir ein etwa sechzigjähriger, sehr eleganter und freundlicher Mann. Er meinte, er wäre einmal mit Frau Konstanze Will ins

Gespräch gekommen, als er am Grab seiner viel zu früh verstorbenen Frau gewesen sei. „Drüben am Waldfriedhof war das, als sie mir erzählte, dass sie Ärztin sei und fragte, woran meine Frau gestorben sei. Wir unterhielten uns eine Weile bis sie fragte, ob ich wisse, an wen sie sich wenden könne, um etwas über das kulturelle Leben und das Brauchtum hier erfahren zu können? Sie wollte sich gerne hier gesellschaftlich einbringen und würde gerne eine Adresse wissen, an die man sich wenden könne. Da er nun selber Mitglied in der „Bürgergemeinschaft Siegburg-Stallberg 1960 eV" sei, habe er ihr die Adresse des Vorsitzenden, auf der Jägerstraße, gegeben. Ob sich Frau Will dort gemeldet hätte, wüsste er nicht«.

»Was machte der Mann für einen Eindruck auf Dich? « fragte Thekla.

»Einen sehr soliden und gutbürgerlichen Eindruck. Nicht vergrämt und auch nicht verbittert, - im Gegenteil, eher offen und mitteilsam«.

»Ich kenne diese Bürgergemeinschaft«, meinte Robert, »zwei von den Jungs mit denen ich manchmal im „alten Stallberg"« ein Bier trinken gehe, sind auch in dieser Gemeinschaft. Sie pflegen das örtliche Brauchtum, indem sie zum Beispiel die Ortskirmes, das Setzen des örtlichen Weihnachtsbaumes aber auch den Karnevalszug oder Lesungen bestimmter Autoren organisieren. Die

Jägerstraße ist übrigens eine Querstraße zu der Straße in der wir wohnen«, dabei blickte er Thekla an.

Thekla nickte nur und meinte: »Ich kenne die Straßen die von der Straße „Zum alten Stallberg" abgehen«.

Die Türe des Besprechungsraumes ging auf und Sybille Salz, die gute Seele des Innendienstes kam herein. In ihrer Hand hielt sie einen Notizblock, den sie immer für Stichpunkte zur schriftlichen Niederlegung des Gesprächsverlaufes dabeihatte. Diesmal brachte sie aber auch die ersten Ergebnisse der KTU und der Gerichtsmedizin mit.

»Entschuldigung, dass ich zu spät komme, aber die Ausdrucke der Obduktionsergebnisse wollte ich noch mitbringen, - aber ich musste erst die Tonerkassette wechseln«. Sybille wirkte verlegen.

»Alles gut«, beschwichtigte Thekla und nahm die Ausdrucke entgegen, die sie ausgiebig studierte.

»Also«, begann sie, »die Gerichtsmedizin teilt mit, dass die DNA der Haare, die im Auto des ersten Mordopfers von heute Morgen gefunden wurden und die DNA, die aus dem Sperma gewonnen wurde, welches sich noch in der Scheide von Frau will befunden hatte, identisch sind«.

»Das heißt«, schlussfolgerte Lisa Drollig, »zuerst bringt der Täter den Mann um, entnimmt ihm ein Stück seines Armfleisches, fährt zu Frau will, hat Sex mit ihr und bringt auch sie um, bevor er wieder ein Stück Fleisch aus ihrer Pobacke schneidet? Wie krank ist das denn? «

»Scheinbar wirklich ein Psychopath. Sollten wir da nicht unseren neuen Polizeipsychologen hinzuziehen? « fragte Peter mit angewiderter Mimik.

»Vielleicht später«, meinte Thekla und ging wieder auf die ihr vorliegenden Erkenntnisse der KTU ein. »Die Kollegen der IT-Abteilung haben das Passwort des beschlagnahmten Laptops von dem Toten herausgefunden. Im Mailverkehr und den gespeicherten privaten Dateien waren keine ermittlungsrelevanten Ansätze zu erkennen, jedoch haben die Kollegen herausgefunden, dass zwei verschiedene Zugänge ins Darknet bestanden. Beide Zugänge führten zu Chatportalen. In dem einen wurde über den Handel mit Kryptowährungen diskutiert, der andere aber scheint für uns interessanter zu sein. Hier geht es um ein Portal über extreme sexuelle Handlungen und Spaß an Sado-Maso, sowie um Verlangen danach, Menschenfleisch zu verspeisen. Herr Honecker hat möglicherweise seine sexuelle Neigung mit dem Leben bezahlt. Es könnte sein, dass er hier seinen Mörder gefunden hat, der sein geheimes Verlangen nach Verzehr von Menschenfleisch stillen wollte «.

»Wie sollen wir im Darknet an solch einen Täter kommen? « fragte Robert. »Die sind doch alle unter falschen Namen unterwegs und registrieren muss man sich dort auch nicht«.

Peter Ludwig nickte und schaute zustimmend in die Runde der Kollegen.

»Das wird wohl so sein, - jedenfalls erwartet uns hier sehr wahrscheinlich sehr intensive Ermittlungsarbeit im Internet, beziehungsweise in diesem besonderen Fall, im Darknet. Hierzu möchte ich Euch drei, Peter, Lisa und Sybille bitten, an den bereits gewonnenen Erkenntnissen der IT-Kollegen anzusetzen und weitere, tiefere Erkenntnisse herauszubekommen. Vielleicht kann sich einer von Euch als „Köder" dort registrieren? «

»Um dann verspeist zu werden? « fragte Lisa erschrocken.

»An Deiner Figur würde bestimmt so manch einer oder eine knabbern« gab Robert mit einem breiten Lächeln von sich.

»Robert meinte weiter, um einen Kontakt zum Mörder zu bekommen, wenn ein Treffen zustandekommen würde, - selbstverständlich, und das weißt Du, nur unter strengstem Polizeischutz«.

Lisa schüttelte den Kopf und überlegte kurz. Dann meinte sie: »Okay, als „Strohfrau" und weibliches „Lockmittel" werde ich darauf eingehen. Es dient schließlich dem Erfolg des Teams und der Aufdeckung schrecklicher Verbrechen«.

»Dann sollten wir allerdings nicht zu viel Zeit verlieren« sagte Robert und stand von seinem Stuhl auf. »Der Täter könnte jederzeit wieder zuschlagen«.

Thekla bat Robert wieder Platz zu nehmen und nun seine Ergebnisse vorzutragen. Genau das wollte Robert umgehen, hatte er doch den Nachmittag genutzt, bei Paul zwei leckere Currywürste zu essen und sich dazu eine Flasche Warsteiner Pils zu gönnen, nachdem er mit dem „Leihhund" Gassi gegangen war. Zögerlich begann er: »Nun ja, - ich war mit Sir Q an den Siegwiesen im Bereich der Wahnbachtalstraße Gassi gegangen, bis ich einen sehr intensiven Geruch von gekokelten Steaks wahrgenommen hatte. Womöglich hat jemand vergessen, dass er seinen Kohlegrill im Garten anhatte, weil er vielleicht abgelenkt war«. Robert machte eine längere Pause.

»Und? – danach? « drängte Thekla ihn weiterzureden.

»Danach hatten wir Beide«, Robert zeigte mit dem Zeigefinger seiner rechten Hand auf einen imaginären Hund am Boden, »mächtigen Hunger bekommen. Bevor ich dem Kleinen seine Pferdefleischportion gekauft hatte, machte ich noch kurz Halt bei Imbiss Paul«.

»Jetzt wird mir klar, wieso Du vom Stallberg aus zu den Siegwiesen gefahren warst, obwohl der Wald in der Nähe des TÜV-Geländes doch so viel näher ist. Dort bin ich mit Sir Q nämlich Gassi gegangen.

Robert fühlte sich ertappt und senkte den Blick.

»Wie dem auch sei«, diesmal erhob sich Thekla von ihrem Stuhl, »morgen früh werden wir uns weiter um diesen Fall kümmern. Eine erste Vorgehensweise haben wir gerade besprochen. Alles weitere morgen früh. Wir treffen uns hier um neun Uhr. Gute Nacht zusammen«.

Alle verließen den Besprechungsraum und anschließend das Präsidium. Jeder grübelte jedoch über den bis jetzt einmaligen Fall von Kannibalismus in Siegburg, jedenfalls in der Zeit ihrer Polizeidienste.

*

Als Thekla und Robert in ihrem hellgrünen Twingo die Zeithstraße in Richtung Stallberg fuhren, freute sich Robert mit großem Hunger auf das gute und reichhaltige Essen im „Zum alten Stallberg", wurde jedoch in seiner Vorfreude bitter enttäuscht als Thekla sagte, sie sei viel zu müde, um sich noch in ein Restaurant zu setzen.

»Ich möchte ein Bad nehmen und dann einfach ins Bett« meinte sie.

»Was hältst Du davon wenn ich uns, in der Zeit wo Du im Bad bist, den Lieferservice in Anspruch nehme, den das Restaurant bietet? «

Thekla atmete tief durch, wollte Robert aber nicht enttäuschen und willigte ein. Als Thekla schließlich im Obergeschoß des Hauses ein Bad einlaufen ließ, bestellte Robert für seine Liebste einen Chefsalat mit Schinken, Käse und gekochtem Ei, - für sich wählte er den Sauerbraten aus Pferdefleisch mit Klößen und Rotkohl. Robert wusste, dass der Inhaber des Restaurants das Fleisch hierfür aus einer regionalen Metzgerei besorgte. Da in der beliebten Küche alles frisch zubereitet wurde, dauerte es ein wenig bis Frank, der als Chef immer noch die Auslieferung der Speisen weitgehend selber übernahm, während seine Frau für die Leitung der Speisezubereitung zuständig war, an der Haustüre klingelte. Gerade rechtzeitig, als Thekla aus dem

Badezimmer die Treppe herunterkam. Sie war in ihren Bademantel eingehüllt, den Robert ihr im letzten Urlaub in Greetsiel, einem kleinen ostfriesischen Fischereiort, der nun hauptsächlich vom Tourismus lebt, gekauft hatte.

„Hm, - das riecht aber lecker«, meinte sie als Robert die Speisen, die er in der Küche auf Tellern angerichtet hatte, auf den Esstisch stellte. Obwohl sich Robert eine Flasche Warsteiner gegönnt hatte, als Thekla sich ein Glas ihres geliebten Rotweins eingoss, meinte er nach dem Essen: »Jetzt könnte ich wirklich noch ein leckeres Eis zum Nachtisch schlemmen. Was meinst Du? Hast Du nicht auch Lust auf eine dieser leckeren Kreationen von dem Eiscafé „Eiszeit"? Ich könnte noch schnell nach Kaldauen fahren und uns einen leckeren Becher aus dieser kleinen Eismanufaktur holen. Du weißt doch, dort wird nur Milch aus dem Siegkreis und hochwertige Zutaten ohne künstliche Zusatzstoffe verwendet«.

Vor Theklas geistigem Auge erschienen die großen und ansehnlichen Portionen, die immer sehr liebevoll und ansprechend dekoriert, gereicht werden. Nickend stimmte sie zu, obwohl ihr der Salat von der Menge her schon gereicht hatte. »Dem Angebot nach einer Köstlichkeit aus diesem Eissalon muss ich einfach zustimmen. Ich spüle in der Zwischenzeit schnell die Teller ab. Du brauchst ja nicht so lange für hin und zurück, aber, - fahr bitte vorsichtig «.

70

Nachdem Robert wieder zurück war und das leckere Eis verspeist war, überkam die Beiden nun ein Gefühl von Müdigkeit und sie gingen ins Bett. Robert versuchte zwar noch, den unter der Bettdecke versteckten nackten Körper von Thekla zu streicheln, seine Hand wurde jedoch mit den Worten: »Ich bin zu müde« zur Seite geschoben. Kurze Zeit später versank Thekla im Land der Träume und Robert rollte sich auf seine rechte Seite und schlief ebenfalls ein.

*

Am nächsten Morgen stand Robert bereits in der geöffneten Haustüre, nachdem die Beiden schnell eine Tasse Kaffee im Stehen getrunken hatten und wartete darauf, dass Thekla nun endlich auch kam. Schließlich hatten sie gestern angekündigt, dass sich die Dienstgruppe um neun Uhr im Präsidium treffen wolle. Den Pflegehund hatte Robert kurzerhand im, hinter dem Haus gelegenen Garten, sein Geschäft erledigen lassen. Thekla indes drehte sich, kurz vor Erreichen der Haustüre noch einmal um und wollte schnell David noch sagen, dass er auf sich aufpassen solle. Der Mord an der gutaussehenden Assistenzärztin war in dem Wohngebiet geschehen, in dem auch David und sein Vater wohnten. Bis der Täter gefasst würde, empfand Thekla eine instinktive Angst um ihren Sohn. Sie wählte die Nummer von Davids Handy.

Als sie merkte, dass David nicht ans Handy ging, wählte sie den Hausanschluss von Bernd Lay, - Davids Vater.

»Lay, - guten Morgen«, meldete sich Theklas ehemaliger und langjähriger Lebensgefährte, der Thekla verlassen hatte, nachdem er seine jetzige Freundin, Doris Kaminski, kennengelernt hatte.

»Morgen Bernd«, meldete sich Thekla, »entschuldige, wenn ich störe, aber ich erreiche David nicht. Kannst Du mir sagen wo er ist? Es ist schon recht wichtig«.

»Ich glaube der liegt noch mit Jana im Bett. Gestern Abend ist es recht spät geworden. Die Beiden hatten mich und Janas Mutter um ein Gespräch gebeten. Es ging dabei um die berufliche Zukunft der Beiden. Stell Dir vor, - Jana will jetzt Psychologie studieren und David hat den wahnwitzigen Plan, die Existenz Gottes an die Menschheit zu verkünden und die Rechtfertigung des kirchlichen Glaubens anderen nahezubringen. Er will Theologie studieren, - welch kuriose Vorstellung. Von Dir kann er den Gedanken doch sicherlich nicht haben? Zumal er noch vor einiger Zeit, genau wie Du, eine Karriere bei der Polizei anstrebte«.

Da war sie wieder, - die arrogante Art die Bernd schon während der Beziehung mit Thekla immer wieder an den Tag legte, wenn andere Menschen ihren Träumen nachgehen wollten, die nicht in sein Weltbild passten. Er konnte einfach nicht verstehen, dass es Menschen gibt, die für ihren Beruf „brennen", auch wenn es nicht den finanziellen Reichtum brachte.

»Das haben sie uns auch schon erzählt. Kannst Du ihn mir bitte ans Telefon holen? Es ist, wie bereits gesagt, recht wichtig« fragte Thekla, ohne auf seinen Kommentar einzugehen.

»Moment«

Thekla hörte schockiert wie Bernd den Hörer neben das Telefon legte und laut in die obere Etage rief: »David, - Telefon für Dich, - Deine nervige Mutter! «

Kurze Zeit später meldete sich David: »Mama, - Hallo? «

»Wieso bin ich eine nervige Mutter? Sprichst Du so über mich?

»Ach Mama, Du weißt genau, dass ich niemals so über Dich sprechen würde. Wahrscheinlich hat er mal wieder Stress mit Doris«, war Davids Antwort.

Das wiederum erfreute Thekla und sie begann zu schmunzeln. Nachdem Thekla ihrem Sohn erzählte, was in dessen Nachbarschaft passiert war und sie sich Sorgen um ihn und seine Freundin machte, versprach er, in der nächsten Zeit besonders Obacht auf sich und Jana zu geben. Weiterhin versprach er, von diesem Gespräch nichts weiter zu erzählen, da es sich um ein laufendes Verfahren handele und die Öffentlichkeit nichts von all dem erfahren dürfe. Schließlich ging es hier um einen Tathergang, der in der Bevölkerung möglicherweise zu Panik führen würde. Als Thekla das Gespräch beendet hatte und zur Haustüre zurückging, war Robert bereits nach draußen gegangen und zeigte auf seine Armbanduhr.

»Wir müssen uns beeilen, die warten bereits«, rief er Thekla zu. Thekla schaute auf ihre eigene Armbanduhr. Es war nun fünf nach Neun.

*

»Lisa und ich waren bereits um acht Uhr hier, obwohl wir uns für Neun verabredet hatten. Uns trieb beide eine innere Unruhe zu dem bestehenden Fall. Wir hatten beide eine unruhige Nacht. Lisa rief mich bereits gegen sieben Uhr an und meinte, sie hätte schlecht geschlafen und der Gedanke an einen „Kannibalen in Siegburg" würde ihr jede Art von Ruhe nehmen. Da es mir genauso ging, verabredeten wir uns kurzerhand bereits dazu, die Ermittlungen schon zu beginnen und nicht auf Euch zu

warten. Ich hoffe Du bist jetzt nicht Böse deshalb? «
fragte Peter Ludwig.

Thekla schüttelte den Kopf, »ganz und gar nicht. Ihr
kennt mich und wisst, dass ich Eigeninitiative sehr
schätze und ich froh darüber bin, dass solche Leute in
meinem Team arbeiten«.

Sybille Salz betrat Theklas Büro mit einer Kanne frisch
gekochtem Kaffee.

»Ach, - Du bist auch schon da? « fragte Thekla
erstaunt.

Sybille grinste und meinte: »Mir hat der neue Fall auch
keine Ruhe gelassen. Wir haben zu dritt schon im Darknet
recherchiert und scheinen auf einige passende Spuren
gestoßen zu sein«.

»Genau«, fügte Lisa hinzu, die ebenfalls gerade
Theklas Büro betreten hatte, »vielleicht muss ich mich
nun doch nicht als „Köder" dem Täter anbieten«, dabei
lächelte sie verlegen.

»Was habt Ihr denn ermittelt? « fragte Thekla, die stolz
auf diese Truppe war und bat alle in den
gegenüberliegenden Besprechungsraum. Dort war das
Whiteboard, an dem man sehr gut die Ermittlungsschritte

aufzeichnen und die Ergebnisse grafisch darstellen sowie
visuell verknüpfen konnte.

»Was habt ihr gefunden? « fragte Robert, als alle am
ovalen Besprechungstisch saßen.

Wir haben auf der Dating Plattform den Chatverlauf
von Heiko Honecker mit verschiedenen anderen Männern
gefunden, mal nannte er sich „Goldfisch", mal
„Platzhirsch". Verschiedene dieser Chats hatte er gelöscht,
diverse andere aber ließen sich rekonstruieren. Wir haben
insgesamt drei Schriftverkehre durchgearbeitet, bei denen
es sich jeweils um Vereinbarungen zu treffen schien, die
dem Ziel der gleichgeschlechtlichen Befriedigung dienen
sollten«.

»Alle Schriftverkehre mit einem Chatpartner? « fragte
Thekla.

»Nein«, antwortete Peter, »es handelte sich um drei
verschiedene Chatpartner«.

»Ein potenter Mann«, meinte Robert, »wenn er neben
einer so attraktiven Freundin auch noch drei Beziehungen
zu Männern hatte«.

»Ob er sich wirklich mit allen Dreien getroffen hatte,
steht noch nicht fest«, meinte Lisa und verwies auf eine

andere Datei, die auf dem Laptop jedoch nicht extra verschlüsselt, gespeichert war. »Wir haben diese Namen mit einer eigenen Suchmaschine auf dem Laptop suchen lassen und haben die drei Namen gefunden, die in den eben gezeigten Chats ebenfalls genannt wurden. In der Datei stehen hinter den Namen „Dimitri", „Hasenhüter" und „Blauwal", verschiedene weitere Notizen, die Herr Honecker wahrscheinlich während der Chats notierte. Bei „Dimitri steht, siebenundvierzig, Bademeister, Brillenträger, Vollbart und verheiratet. Bei „Hasenhüter" steht Porsche, Fleischliebhaber, eigenes Haus, Homo. Hinter dem Begriff „Blauwal" hatte Herr Honecker Siegburg, Bäckerei Hugoris, Krautwickel und eine Handynummer notiert«.

Robert notierte sich in seinem Notizblock die Stichpunkte und die Telefonnummer.

Als Sybille das sah, meinte sie: »Lass mal Robert, das habe ich in einem Handout notiert und kopiert, - hier habt Ihr alle die wichtigsten Notizen, die Lisa gerade vorgetragen hat«, als sie die Zettel verteilte.

»Gute Arbeit«, meinte Thekla anerkennend. »Wir dürfen jetzt keine Zeit verlieren. Vielleicht ist unter den Dreien der mögliche Serienkiller, der Lust auf Menschenfleisch verspürt. Ich schlage vor, dass Du Sybille alle Badeanstalten im Rhein-Sieg-Kreis anrufst und fragst, ob dort ein siebenundvierzigjähriger Bademeister mit Vollbart arbeitet, der Brillenträger ist. Peter, Du versuchst beim Straßenverkehrsamt zu erfahren, welche Männer hier im Kreisgebiet einen Porsche fahren …«

»Das sind bestimmt hunderte«, meinte Peter, »weißt Du wie lange da die Suche nach der Nadel im Heuhaufen dauert? «

»Es sind erste Spuren in dem Fall und wir müssen alle Möglichkeiten ausschöpfen. Vielleicht ergeben sich Querverbindungen zu anderen Verbindungen, die auf dem Zettel stehen«, antwortete Thekla etwas forsch.

Peter nickte schweigend.

»Okay, Lisa Du versuchst bitte den Inhaber der Handynummer ausfindig zu machen. Wenn es kein Prepaid Handy war, dürfte es nicht so schwer sein. Einen Gerichtsbeschluss für den Provider werde ich jetzt sofort beantragen«.

»Auch das ist bereits schon erledigt«, meldete sich Sybille erneut, die durch ihre Jahrzehnte lange Ermittlungsarbeit, als sie noch im aktiven Außendienst war, direkt wusste was zu tun ist. »Die Nummer gehört zu

einem Klaus Soler, wohnhaft Hubertusweg 7b in
Weilerswist«.

Thekla schaute Sybille mit großen Augen und
offenstehendem Mund an, als sie einen weiteren Zettel
von Sybille entgegennahm.

Diese lächelte nur und meinte: »Den richterlichen
Beschluss habe ich bereits heute früh beim „Richter vom
Dienst" am Amtsgericht in Siegburg beantragt. Der
Provider war damit einverstanden, diesen nachgereicht zu
bekommen, da es sich um einen dringenden Fall mit
„Gefahr in Verzug" handelt.

»Alle Achtung«, meinte Thekla, »sehr gute Arbeit,
»dann hilf bitte Peter bei der Suche nach dem
Porschefahrer. Wir beide«, dabei schaute sie Robert an,
»fahren zu Herrn Soler, vielleicht treffen wir ihn zu Hause
an«.

*

Nachdem sie die Bonner Nordbrücke überquert hatten,
dirigierte das Navigationsgerät den Twingo bei der
nächsten Abfahrt über die A555 bis zum Abzweig nach
Brühl und zur A553, bis zur Ausfahrt „Weilerswist".

»Also«, meinte Robert, »ich will ja nichts gegen Dein heißgeliebtes Navi sagen, aber ich wäre anders gefahren. Diese Strecke ist vielleicht zwei Kilometer kürzer, - aber über das Autobahnkreuz Meckenheim und die A61 wären wir bestimmt schneller gewesen«. Robert grinste Thekla mit seinem „hab mich lieb"-Lächeln an.

»Das können wir ja auf dem Rückweg testen«, willigte Thekla ein.

Der von Lisa recherchierte „Hubertusweg" führte von der Kölner Straße rechts ab in eine Straße mit älteren Einfamilienhäusern und gepflegten Vorgärten. Vor der Hausnummer Sieben standen entlang des Bürgersteigs ein grauer Volvo V70, ein VW-Bus T4 und ein älterer Renault Rapid.

»Ob die alle hier zu dem Haus gehören? « fragte Robert, als die Beiden den Vorgarten über den gepflasterten Weg beschritten und fast die Haustüre erreicht hatten.

Thekla drehte sich kurz um, wobei sie auch die Nachbarhäuser musterte. »Hier hat keiner ein Carport. Wahrscheinlich alles Straßen Parker«, meinte sie, als auch schon die Haustüre geöffnet wurde.

»Guten Tag, Thekla Sommer, Kriminalpolizei Siegburg, das hier«, sie zeigte auf den neben ihr stehenden Robert, »ist mein Kollege Robert Hanf«. Beide hielten ihre Dienstausweise hoch. »Sind Sie Herr Klaus Soler? «

Die rosige Gesichtsfarbe des Mannes wechselte kurz in ein leichtes grau, bevor er antwortete: »Ja, - was kann ich für Sie tun? «. Er trat in der geöffneten Türe einen Schritt nach rechts und schwang die Türe so weit auf, dass sie Einlass für den Besuch bot. »Kommen Sie doch bitte rein« bat er und zeigte mit dem ausgestreckten Arm in den Flur.

»Der ist aber freundlich«, dachte Thekla »und so gutaussehend und durchtrainiert«, meldet sich ein gewisses Areal in ihrem Hinterkopf, nämlich der Teil des Gehirns der für das „Lustempfinden" zuständig war.

Herr Soler schloss die Haustüre, als die beiden Kriminalbeamten das Haus betreten hatten. »Worum geht es? Wieso Kriminalpolizei aus Siegburg?

»Sie kennen Siegburg? « fragte Robert sofort interessiert.

»Ja, - ich habe lange Jahre auf der Hohenzollernstraße im Stadtteil „Zange" gelebt, bis ich mir mit meiner Frau hier das Häuschen zugelegt habe«.

»Ach, - Sie sind verheiratet? Darf ich fragen, wo Ihre Frau ist? «

»Wir sind seit einem knappen Jahr geschieden, - aber sagen Sie mir mal bitte, warum Sie das alles wissen wollen und worum es überhaupt geht«, forderte Herr Soler nun die Antworten der Beamten ein. Er hatte seine Stimme etwas angehoben, wobei Thekla das leichte Zittern seiner Stimmbänder sofort wahrnahm.

»Herr Soler, - wir ermitteln in zwei, anscheinend zusammenhängenden Mordfällen in Siegburg. Wir sind im Chatprotokoll eines der Opfer auf eine Spur gestoßen, die zu Ihnen führt«, meinte Thekla.

»Wie zu mir? Was für eine Spur? «

»Kennen Sie in Siegburg die Bäckerei Hugoris? « hakte Robert sofort nach, ohne auf die Frage einzugehen.

Klaus Soler wurde sichtlich nervös. »Ja, - da arbeitet eine alte Freundin von mir. Die machen so wundervolle Puddingschnecken. Warum fragen Sie? «

»Noch ein Indiz, dessen Spur zu Ihnen führt« meinte nun wieder Thekla. Es war eine eingespielte Szenerie zwischen ihr und Robert, einen Beschuldigten wechselseitig mit Fragen unterschiedlicher Richtungen zu konfrontieren, um diesem seine klaren Gedanken zu nehmen.

»Wieso Indiz? Wieso Spur? Wieso Chatkontakt? « Herr Soler war nun völlig verwirrt.

Nun war Robert wieder an der Reihe: »Herr Soler, - Sie waren im Darknet in einem Forum, in dem sich homosexuelle Männer verabreden. Eben sagten Sie noch, Sie seien verheiratet gewesen. Haben Sie die Seiten gewechselt? «

Herr Soler riss seinen Mund weit auf, als sei er empört über diese Frage. Dies bemerkte Thekla sofort, die das lose Mundwerk Roberts schon oft gestört hatte. Obwohl sie genau ahnte, dass ihr Lebensgefährte damit provozieren wollte, schoss sie die nächste Frage hinterher. »Herr Soler, können Sie uns bitte sagen, wo sie in der vorletzten Nacht waren? «

Als hätte er bereits auf die Frage gewartet, antwortete der Mann lächelnd: »Na klar, ich war in Bad Kreuznach im Hotel „Zur Sonne". Da übernachte ich zweimal im Monat, wenn ich meine Ex-Schwiegermutter besuche, die dort in einem Altenwohnheim untergebracht ist. Sie ist dement und meine Ex kümmert sich nicht um sie. Die arme alte Frau hat sich aber immer rührend um mich gekümmert. Sie denkt inzwischen, ich sei ihr Sohn, dabei hat sie nur eine Tochter, die sich nicht um sie kümmert. Also habe ich nun den Part des Kontaktes übernommen.

»Zweimal im Monat diese weite Strecke? « fragte Thekla skeptisch.

Klaus Soler nickte, hob den Zeigefinger seiner rechten Hand und sagte: »Moment, - ich habe noch die letzte Übernachtungsrechnung«, dann ging er ins Nebenzimmer und kam mit der Rechnung zurück. Robert nahm sie ihm aus der Hand, überflog das Firmenlogo des Hotels, die Anschrift und Telefonnummer sowie die Bestätigung eines Einzelzimmers für eine Nacht zu einem Preis von siebenundachtzig Euro ohne Frühstück.

Robert drehte sich seitlich zu Thekla, schaute ihr in die Augen und nickte stumm.

»Na gut, das entlastet Sie natürlich. Entschuldigung, aber wir müssen jeder Spur nachgehen«.

Herr Soler atmete tief durch, öffnete sichtlich erleichtert die Haustüre, hinter der sie die ganze Zeit gestanden hatten, um den Beamten das Hinausgehen zu ermöglichen.

»Keine Ursache«, meinte er, »Sie müssen jeder möglichen Spur nachgehen, aber bitte zu Niemandem ein Wort über meinen Chat in dem Forum«.

Robert setzte zur Antwort an, wobei Thekla ihm jedoch leicht auf den Fuß trat, um eine weitere unbedachte Äußerung zu vermeiden. »Natürlich Herr Soler, - das ist Privatsache und geht uns nichts an, - wobei Sie ja sicherlich wissen, dass das Darknet eine rechtliche Grauzone ist? «

»Ja, ja, ich weiß. Ich werde mich dort auch zurückziehen. Es gibt ja genügend Foren dieser Art im frei zugänglichen Internet«.

Thekla nickte, drehte sich in Richtung Straße und zog Robert am Ärmel hinter sich her.

»Du hast Dich aber eben ganz schön in die Nesseln gesetzt«, flüsterte Thekla, als sie in Richtung ihres Autos gingen, »der Mann könnte Dich wegen der Frage „haben Sie die Seiten gewechselt" belangen«.

Murrend nickte Robert und schaute Thekla schuldbewusst an, als sie den Wagen bestiegen. »Ich wollte ihn doch nur provozieren und zu einer unbedachten Äußerung verleiten«.

Thekla lächelte. »Ich weiß«, sagte sie und startete den Wagen, um ins Präsidium zurückzufahren.

*

Kurz nachdem sie an der Abfahrt „Sankt Augustin" die A560 wieder verlassen hatten und über die Bonner Straße in Richtung Frankfurter Straße fuhren, auf der sich das Polizeipräsidium befand, klingelte Theklas Handy. Robert nahm das Gespräch entgegen, da Thekla grundsätzlich nicht während der Fahrt telefonierte.

»Wir sind in zwei Minuten im Präsidium«, sagte er, da er die Nummer von Sybille Salz, der „Perle" des Innendienstes, erkannte.

»Prima«, antwortete diese, »Ihr werdet es nicht glauben, aber wir haben einen Treffer bei den Recherchen nach dem Porschefahrer«.

Aufgeregt gab Robert die Aussage an Thekla weiter. Diese freute sich und sagte ganz laut, so dass Sybille es hören konnte ohne, dass Robert es wiederholen musste: »Hervorragend, - wir sind gleich da. Wir sind kurz vor der Einfahrt in die Tiefgarage«.

Sybille beendete das Telefonat, noch bevor sie die Wiederholung des Gesagten durch Robert hören konnte.

*

»Wie seid Ihr denn so schnell zu dem Ergebnis gelangt?« wollte Thekla wissen, als sie den Besprechungsraum betraten, in dem sich der Rest ihrer Dienstgruppe versammelt hatte und mit verschiedenen Telefonapparaten und Laptops, ihre Recherchen betrieben. Hier hatte man die Gelegenheit, sich auf kurzem Weg untereinander auszutauschen. Anders, als wenn jeder in seinem eigenen Büro recherchierte.

»Nun ja«, gab Sybille zu, »unsere Spezialisten der IT meinten, bei den Verschlüsselungen im Darknet hätte man kaum eine Chance an die IP-Adressen der Chatpartner zu gelangen. Da fiel mir ein, dass Du, seitdem Du vom BKA für Spezialeinsätze abberufen wurdest, dort entsprechende Kontakte hast. Ich habe mich mit einem Deiner Ansprechpartner der dortigen Behörde verbinden lassen und dieser sicherte mir seine Hilfe zu. Nachdem ich ihm den Chatverlauf des Forums übermittelt hatte, holte der nette Mann wiederum noch seine Kontakte des BND mit ins Boot. Keine viertel Stunde später, hatten wir das Ergebnis hier. Die haben dort halt ganz andere Möglichkeiten, als wir hier in einem Polizeipräsidium«.

Thekla ärgerte sich zwar innerlich darüber, dass Sybille, ohne sich vorher mit ihr abzustimmen, beim BKA Hilfe geholt hatte, sie war aber trotzdem mit dem raschen Ergebnis sehr zufrieden. Zu einem späteren Zeitpunkt wollte sie sich mit Sybille, bei einem „Vier-Augen-Gespräch", zu dieser Sache äußern.

»Das war ein genialer Einfall«, meinte Robert an Sybille gewandt, da er Theklas innere Zerrissenheit spürte. »In diesem Fall ist ja auch wirklich Schnelligkeit gefragt, - wer weiß ob der Täter nicht schon sein nächstes Opfer im Visier hat«.

Thekla sah Robert von der Seite an und wusste die Art, wie Robert die prekäre Situation gelöst hatte, zu schätzen.

»Ja wirklich«, sagte sie schnell zu Sybille gewandt, »ein genialer Einfall«.

Lisa reichte Thekla einen DIN A4 Bogen, auf dem die Kontaktdaten standen:

Horst Biedermann, wohnhaft: Karoliner Straße 404, Windeck-Herchen, fährt Porsche Taycan, zugelassen auf Herrn Biedermann, Kennzeichen SU-KW 758.

»Also los«, meinte Thekla, »fahren wir zu dem Mann und holen uns den Kannibalen«.

Diesmal wählten sie aus der Tiefgarage den VW Passat der als Dienstwagen der Kriminalpolizei zu Verfügung stand. Thekla, Robert, Peter und Lisa hätten in dem kleinen Twingo nicht genügend Platz gehabt. Von unterwegs rief Thekla nach einer verstärkenden Unterstützung der zuständigen Polizeiwache in Eitorf. Diese fuhren mit zwei Einsatzfahrzeugen und insgesamt sechs uniformierten Kollegen zu einem Treffpunkt, der zwei Straßen von der Karoliner Straße entfernt war. Thekla wollte sicher gehen, dass der Mann nicht durch einen Hinterausgang der Wohnanschrift, das Haus verlassen würde, deshalb postierte sie auf der rückwärtigen Seite des Hauses zwei uniformierte Männer. Jeweils zwei Männer sollten sich rechts und links des Hauses aufhalten, um einen Fluchtversuch aus einem Fenster zu vereiteln. Sie selber stand mit Robert vor der Haustüre, - hinter ihnen Peter und Lisa, die beide ihre Hände bereits an den jeweiligen Dienstwaffen hielten. Thekla klingelte. Nichts geschah. Ungeduldig klingelte nun Robert mehrmals hintereinander. Eine zierliche Frau mit zerzausten Haaren öffnete die Türe. Sie trug einen dünnen Bademantel, den sie mit dem dazugehörigen Gürtel zusammengebunden hatte.

Genervt fragte sie: »Ja, - was ist denn? Warum klingeln Sie sturm? «

Thekla und Robert hielten der Frau ihre jeweiligen Dienstausweise vors Gesicht. »Thekla Sommer, - das ist mein Kollege Robert Hanf. Wir sind von der Mordkommission Siegburg und würden gerne dringend Ihren Mann sprechen«.

»Meinen Mann? – Mordkommission? – Mein Mann ist seit zwei Monaten in Dubai. Wenn Sie ihn sprechen wollen müssen Sie dorthin fliegen«.

»Wie, - in Dubai? « fragte Robert, »wir haben gesicherte Erkenntnisse, dass Ihr Mann von der IP-Adresse dieses Hauses im Internet tätig war.

»Das kann nicht sein, - kommen Sie bitte rein, wir haben gleich einen Termin zu einer Skype Besprechung. Sie können gerne daran teilnehmen und sehen, dass sich mein Mann in Dubai aufhält«.

Die vier Kripobeamten betraten das Haus und wurden ins Wohnzimmer geführt, wobei die uniformierten Kollegen von Thekla mit einem Fingerzeig angehalten wurden, alle vier Hausseiten zu beobachten. Im Wohnzimmer sollten die Beamten Platz nehmen, während die Hausherrin sich schnell etwas anziehen wollte. Thekla blickte zu Lisa, zeigte mit ihrem Kopf seitwärts und deutete Lisa an, der Frau zu folgen.

»Ins Schlafzimmer gehe ich aber alleine«, meinte Frau Biedermann schnippisch, als sie Lisa hinter ihr, die Treppe ins Obergeschoß folgen sah. Lisa drückte ihr rechtes Ohr an die geschlossene Türe, um festzustellen, ob die Frau heimlich telefonierte. Nichts war zu hören, - bis die Türe schnell geöffnet wurde und Lisa mächtig erschrak.

»Haben Sie gelauscht? « wurde Lisa gefragt.

Diese widersprach mit den Worten: »Ich wollte mir gerade etwas aus meinem Schuh holen und lehnte mich gegen die Türe«. Dabei zeigte sie eilig auf ihren linken Schuh, aus dem sie, während sie die Frau anlog, geschlüpft war.

Als Frau Biedermann sich im Wohnzimmer vor den Laptop setzte und über Skype die Verbindung zu ihrem Mann aufbaute, warteten alle Leute der Dienstgruppe II hinter ihrem Sessel und schauten gebannt auf den Monitor. Die Verbindung baute sich auf und es erschien ein braungebrannter Mittvierziger in kurzärmligem Sommerhemd auf dem Bildschirm. Nachdem Frau Biedermann ihrem Mann von der Anwesenheit der Kripoleute erzählte und dem Verdacht, es sei von der Heimat-IP im Internet gesurft worden, lachte der Mann herzhaft.

»Ich bin seit zwei Monaten hier in Dubai. Ich bin hier als leitender Ingenieur tätig und beaufsichtige den Bau eines weiteren Hotelkomplexes, ähnlich dem des „Burj Al Arab Jumeirah", dem Hotel, dass seit Jahrzehnten mit seiner segelförmigen Silhouette das Bild Dubais prägt. Unser Auftraggeber ist sehr pingelig bei den auszuführenden Kleinigkeiten, was meine Anwesenheit hier erforderlich macht«.

»Dann haben Sie sich nicht von hier aus im Darknet eingeloggt? « fragte Robert.

»Wie könnte ich das? Und wieso Darknet? « wunderte sich der Mann. »Juliane? « Herr Biedermann richtete eine Frage an seine Frau, »hat Raffael irgendetwas damit zu tun? «

»Wer ist Raffael? « wollte Thekla sofort wissen.

»Unser Sohn, er ist unten im Souterrain, - er hat da zwei Zimmer«.

Lisa und Peter, die sich die ganze Zeit auf den Bildschirm fokussiert hatten, reagierten sofort. Sie liefen gemeinsam aus dem Wohnzimmer und die Treppe, die ins Souterrain führte, hinab. Sie wussten, dass die uniformierten Kollegen die Rückfront des Hauses sicherten und klopften an die angelehnte Türe, die ins Innere eines Wohnraums führte.

»Herr Biedermann? »fragte Lisa laut von der Türe aus in Richtung eines Bürostuhls, den sie nur von hinten aus sah. Davor stand ein Schreibtisch mit drei riesigen Bildschirmen, die alle etwas anderes zeigten. Auf dem einen war ein Computerspiel mit einer galaktischen Animation, auf dem mittleren Monitor lief ein wirrer Zahlencode von oben nach unten, wie ein rollierender Bildschirm und auf dem rechten waren mathematische Formeln und dazugehörige Notizen.

»Was ist? « hörten die beiden Kripobeamten eine jugendliche Stimme, während sich der drehbare Bürostuhl drehte und den Blick auf den jugendlichen freigab.

»Kripo Siegburg, Lisa Drollig«, Lisa hielt ihren Dienstausweis hoch.

Wie in Windeseile drehte sich der Junge wieder in Richtung Schreibtisch, betätigte zwei unterschiedliche Tastenkombinationen auf der Tastatur und sofort waren alle drei Bildschirme schwarz. Der Junge hatte eine sofortige „Not-Aus" Variante ausgelöst.

Thekla und Robert, die ihren Kollegen gefolgt waren, zogen den Jungen aus dem Schreibtischstuhl und Robert meinte: »Der PC und alle Eingabegeräte sind beschlagnahmt. Was haben Sie gemacht? Was haben Sie zu verbergen? Sind Sie derjenige, der unter einem Fake Profil im Darknet unterwegs ist? «.

Eingeschüchtert von dem burschikosen Verhalten Roberts fing der Junge zunächst wie von Sinnen an zu lachen, wandte sich in Richtung der nachgeeilten Mutter und meinte nur: »Hab ich also doch Recht, dass die Bullen die Aktivitäten im Internet mitverfolgen«.

Es stellte sich heraus, dass der Junge mit seinen technikaffinen Mitschülern in Chatforen der vielen verschiedensten Plattformen aktiv war, um mit Fakes die einzelnen Foren aufzumischen. Er habe keinen Namen, aber die umschriebene Identität seines Vaters benutzt. Der Junge sagte aus, er hätte sich als Porschefahrer mit eigenem Haus, der gerne Steaks isst und manchmal auch auf Männer steht, ausgegeben.

»Dein Vater steht auf Männer? « fragte seine Mutter plötzlich ziemlich hysterisch.

»Mama, versteh doch, - das ist ein Fake, - da sind alle Angaben falsch und sollen nur Interesse an einem Profil erzeugen. Meine Clique verarscht die anderen in den Foren«.

*

Zurück im Polizeipräsidium angekommen, ging Thekla zunächst zu Sybille, um zu erfahren, ob sie mit den Recherchen nach dem Bademeister, der unter dem Decknamen „Dimitri" auf der Liste des Toten, Heiko Honecker gefunden wurde, weitergekommen sei.

»Leider nicht, - es gibt im Rhein-Sieg-Kreis unzählige Frei- und Hallenbäder, dazu kommen auch noch die Schulbäder und Kranken- sowie Heilbäder. Alleine konnte ich das noch nicht alles durchgehen. Allerdings habe ich hier Neuigkeiten für Euch von Herrn Marius Meier, dem Chef des toten Programmierers Honecker. Er meinte, er hätte etwas gefunden, was er an die Polizei übergeben möchte, da es möglicherweise brisante Hinweise geben könnte«.

»Brisante Hinweise? « fragte Thekla, »was meinte er damit? «

»Das wollte er am Telefon nicht sagen. Ich habe mich bei ihm für seinen Anruf und die Mithilfe bedankt und habe ihm gesagt, es würde zeitnah jemand von uns vorbeikommen, um das Gefundene abzuholen«.

»Gut«, Thekla sah auf die Uhr und schaute dann auf Lisa und Peter, »könnt ihr Beide noch ein wenig bei der

Recherche nach dem Bademeister helfen? Ich werde mit Robert in die Unternehmensberatung des Herrn Meier vorbeifahren. Danach machen wir für heute Feierabend. Es ist gleich schon sechzehn Uhr und wir machen dann morgen früh weiter. Treffen wir uns wieder gegen neun Uhr hier? «

»Hoffentlich ist dieser angebliche Bademeister nicht auch ein Fake Profil? « meinte Lisa.

»Am besten, Ihr ruft noch mal in Herchen bei den Biedermanns an und fragt bei dem Jungen nach, ob sich einer seiner Kumpels als Bademeister ausgibt? Dann hätten wir uns eine Menge zeitintensiver Arbeit gespart«, sagte Thekla zu Lisa.

Thekla fuhr aus der Tiefgarage auf die Frankfurter Straße in Richtung Hubertusstraße in Siegburg-Wolsdorf. Dort angekommen, betrat sie mit Robert die große Empfangshalle und wurde von dem Pförtner begrüßt und gefragt, wohin die Beiden hinmöchten. Nachdem er die Dienstausweise gesehen hatte, meinte er, wobei er zum Telefonhörer griff: »Ich weiß nicht, ob Herr Meier noch im Haus ist oder ob er schon Feierabend gemacht hat«. Nach mehrmaligem Klingeln meldete sich Herr Meier, der auf sein Mobiltelefon umgeleitet hatte. Als er erfuhr, dass die Kripo im Hause sei, bot er sofort an, die Beamten am Empfang abzuholen.

»Wir finden auch so, wo Ihr Chef sitzt«, meinte Robert und erkundigte sich nach der Chefetage. Der Pförtner zögerte etwas, ob er die Beamten einfach nach oben schicken könnte, da er die Anweisung hatte, den Besuch stets abholen zu lassen.

»Guten Tag zusammen«, hörte man Herrn Meier auf den letzten Stufen der Treppe rufen. »Ich habe Sie bereits erwartet«.

»Das ging jetzt aber sehr schnell«, meinte Robert verblüfft. »Wo ist denn Ihr Büro? «

Herr Meier lächelte, als er sagte: »Die moderne Technik erlaubt das Annehmen von Gesprächen überall«, dabei zeigte er auf ein Mobilteil seiner modernen Telefonanlage, die er im ganzen Haus hatte installieren lassen.

»Sie haben etwas gefunden, was uns in dem Todesfall weiterhelfen könnte? « fragte Thekla.

»Ja, hier« er griff in die linke aufgesetzte Tasche seines Maßanzuges und holte einen USB-Stick heraus, »das haben wir im hinteren Teil der Schublade des Rollcontainers gefunden, der am Arbeitsplatz von Herrn Honecker stand. Leider hatte er den Schlüssel anscheinend mitgenommen, wodurch wir das Schloss aufbrechen mussten. Schließlich hätten dort wichtige betriebsinterne Dokumente sein können. Leider ist der Rollcontainer jetzt nicht mehr zu gebrauchen, - aber das hier ist möglicherweise von hoher Brisanz«. Herr Meier hielt den Stick in Augenhöhe, als er weitersprach: »Wir haben hier private Aufzeichnungen und Protokolle von Chats gefunden, die offensichtlich eine Neigung Herrn Honeckers hervorbringt, von der wir alle hier nichts wussten«.

Robert griff nach dem Stick und fragte: »Was für eine Neigung? «

Herr Meier flüsterte nun, als ob das was er sagte nicht laut gesagt werden dürfe, obwohl sich die Drei in eine Ecke der Eingangshalle zurückgezogen hatten, von wo aus der Pförtner nichts hören konnte. »Hier sind besondere sexuelle Neigungen des Mitarbeiters verzeichnet und auch der heimliche Wunsch nach …«, er unterbrach sein Flüstern und drehte sich hastig um, um den Raum nach „Mithörern" abzusuchen.

»Wunsch nach was? « flüsterte nun auch Thekla.

»der Wunsch danach, einmal Menschenfleisch zu kosten. Ist das nicht absolut widerlich? « fuhr Herr Meier fort.

»Und das haben Sie alles auf dem privaten Stick des Herrn Honecker gefunden? – Ist das nicht ein eklatanter Verstoß gegen die Datenschutzverordnung und ein Eingriff in den „Schutz des Eigentums" eines Ihrer Mitarbeiter? fragte Thekla forsch.

Herr Meier erschrak aufgrund der Anschuldigung und stand mit offenem Mund vor den Kripobeamten. Nach einigen Sekunden fasste er sich wieder und meinte: »Ich war der Annahme, es handele sich um einen firmeneigenen USB-Stick. Alle Daten, die sich darauf befinden, auch die Urheberrechte der Programmierer, gehen, so steht es in den Verträgen, die unsere Mitarbeiter unterschrieben haben, in den Besitz meiner Firma über«.

»Dann wollen wir Ihnen glauben«, meinte Thekla, »jedoch ist der Stick als Beweismittel beschlagnahmt. Wer noch, weiß von dem Inhalt des Sticks? «

»Nur ich, - ich war es ja auch, der das Schloss geöffnet hat«.

»Dann behalten Sie bitte die gewonnenen Kenntnisse für sich. Nichts darf davon nach außen an die Öffentlichkeit dringen«, meinte Robert in ernstem Ton.

Thekla verabschiedete sich und drehte sich um, um an dem Pförtner vorbei, das Softwarehaus zu verlassen.

Robert folgte ihr, den Stick immer noch in seiner linken Hand haltend.

*

Als der Twingo in die Straße „Am Stallberg" abbog und am TÜV vorbei, die wenigen Meter bis zum Wohnhaus von Thekla und Robert zurücklegte, fragte Robert: »Wie lange ist der Pflegehund eigentlich noch bei uns? Wir müssen übrigens jetzt schnell mit ihm raus. Der muss bestimmt seine Blase entleeren«.

»Wir? « fragte Thekla. »Du musst mit ihm raus, während ich den Abendbrot Tisch decke«. Roberts Enttäuschung spürend, änderte sie jedoch ihre Aussage ab und sagte: »Okay, - Du hast Recht, - lass uns zusammen noch ein wenig spazieren gehen. Ich muss den Kopf irgendwie von dem Fall frei kriegen. Frische Luft tut uns beiden sicherlich gut. Lass uns doch an der Sieg spazieren, dort wo Du auch gestern warst. Sir Q kann sich auf der Siegwiese auspowern und sein großes Geschäft erledigen. Gleichzeitig kann ich dann das Spaghetti Eis essen, das ich mir unterwegs in Kaldauen in dem Eiscafé „Eiszeit" hole. Sir Q wird übrigens heute Abend noch von seinem Frauchen abgeholt. Die wird froh sein, wenn er dann bereits seine „Geschäfte" erledigt hat.

Robert willigte gerne ein und so fuhren die Drei an der Zigeunerwiese in Stallberg vorbei, durch Kaldauen in Richtung Wahnbachtalstraße, zum Riemberg.

»Dort vorne rechts habe ich gestern geparkt«, meinte Robert und dirigierte Thekla in den schmalen Nachtigallenweg, der zum Restaurant „Siegblick" führt.

Thekla hielt am Straßenrand den Wagen an, mit den rechten Reifen etwas auf dem angrenzenden Grün. Sie meinte beim Aussteigen: »Hier müssen wir den Hund aber anleinen, das ist viel zu nah an der Hauptstraße. Sie hatten den Wagen noch nicht ganz verlassen, als Sir Q sich sofort hinhockte und nicht enden wollend seine Blase entleerte. Als Thekla und Robert die Wahnbachtalstraße in Richtung Sieg überqueren wollten, blieb der Hund einfach stehen und schaute in Richtung des bewaldeten Berges. Er zog so stark an der Leine, dass er mit seinen fünfundzwanzig Kilo und einer Schulterhöhe von fünfundvierzig Zentimetern, Thekla fast zur Seite zog.

»Was hat er denn da wieder für eine Witterung aufgenommen? « fragte Robert, »Kaninchen? «.

Nachdem Robert die Leine von Thekla übernommen hatte und kräftig an der Leine zog, gab Sir Q nach und folgte den Beiden in Richtung der Siegwiese. Mitten auf der Hauptverkehrsstraße jedoch wendete der Hund schlagartig und brauste in Richtung der eben wahrgenommenen Witterung los. Robert war von der Aktion des Hundes so überrascht, dass er durch den plötzlichen Zug der Leine, diese aus der Hand gleiten ließ. Der Hund nutzte sofort die Gelegenheit und rannte den Berg hinauf. Thekla und Robert liefen sofort hinterher, da sie große Sorge hatten, dass dem Hund, der ja nur Gast bei ihnen war, etwas geschehen könnte. Sie klettern den Berghang, der mit dichtem Geäst und niedrigen Bäumen versehen war, hinauf und riefen laut nach dem Tier. Nach etwa zwanzig Metern sahen sie ihn. Sir Q hatte inmitten einer nichtbewaldeten Felsformation, einen handelsüblichen dreibeinigen Grill entdeckt, auf dem zwei Stücke verkokeltes Fleisch lagen. Ein Stück davon schien angeschnitten zu sein, denn das abgeschnittene Stück lag auf dem Boden. Sir Q hatte, so schien er zu glauben „Beute" gemacht und kaute bereits auf dem Fleisch herum.

»Aus! Aus! «, riefen Thekla und Robert, als sie an der Grillstelle angekommen waren, doch zu spät, - der Hund schluckte das Stück Fleisch, das er auf dem Boden gefunden hatte, gierig runter. Sofort griff Robert nach der Leine und hielt diese nun ganz kurz, um zu verhindern, dass der Hund auch noch die restlichen Fleischstücke fraß.

»Eine wilde Grillstelle, - und dass so nahe am Waldrand« meinte Robert.

Thekla nahm einen Asservatenbeutel aus dem Inneren ihrer Jackentasche. So etwas trug sie immer bei sich. Als Kommissarin könnte man immer in Situationen gelangen, in denen man welche braucht. So auch jetzt! Sie nahm den Beutel um sich die Finger an dem Fleisch nicht schmutzig zu machen, als sie eines der beiden Stücke näher inspizieren wollte. Das Fleisch war, genauso wie die verloschene Kohle, eiskalt. Thekla führte das Fleisch in Richtung Nase, um einen Geruchstest zu unternehmen. Als Sir Q das sah, fing er heftig an zu winseln und ein kurzes „Wau" ließ darauf deuten, dass er Angst hatte. Angst davor, dass Thekla ihm das Fleisch wegessen könnte. Thekla jedoch schreckte vor dem Geruch des Fleisches zurück, nachdem sie es fast mit ihrer Nasenspitze berührt hatte.

»Das riecht ja total süßlich« meinte sie zu Robert. »So etwas habe ich noch nie gerochen«.

»Robert horchte auf und meinte: »Ich habe letztens in einem Krimi von Kersten Wächtler gelesen, dass Einer Menschenfleisch verspeist hatte. Dieses Fleisch hätte einen süßlichen Geruch gehabt«.

Beiden kam zeitgleich der gleiche Gedanke. Hatte ihr „Pflegehund" den Ort gefunden, der in direktem Kontakt mit den beiden Morden stand, die sie gerade bearbeiteten?

Als die gerufenen Kollegen der Spurensicherung eintrafen und sie sich einen ersten Eindruck des verkohlten Fleisches machten, meinte der Leiter der Spusi, nachdem er das Fleisch angeschnitten hatte: »Die Faserung deutet tatsächlich auf Menschenfleisch hin, - Genaueres aber erst nach der Laboruntersuchung«.

*

Nachdem Sir Q wieder im Auto verfrachtet war und die Drei auf dem Weg nach Hause waren, freute sich Robert auf das Spaghetti Eis, was sie sich jetzt schmecken lassen wollten. Auf der Hauptstraße in Kaldauen deutete er auf einen freien Parkplatz, ganz in der Nähe des Eiscafés. »Da ist einer frei«, sagte er und deutete durch die Windschutzscheibe in Richtung des Platzes zwischen zwei Autos.

»Mir ist der Appetit vergangen«, meinte Thekla, die sich immer noch an den süßlichen Geruch des Fleisches erinnerte und sich innerlich schüttelte. Sie fuhr an dem freien Parkplatz vorbei, stoppte jedoch ruckartig, als sie ihren Sohn David und dessen Freundin auf der anderen Straßenseite sah. Sie kurbelte die Seitenscheibe herunter und rief die Beiden zu sich. Jeder von ihnen hatte einen Erdbeerbecher mit ordentlich Sahne und frischen Erdbeeren in der Hand.

»Davon kriegst Du nichts«, meinte David und hielt seine linke Hand schützend zwischen das Eis und seine Mutter. Diese schüttelte den Kopf und meinte: »Danke, aber im Moment habe ich gar keinen Eishunger«. Robert hingegen lief das Wasser im Mund zusammen und auch der Hund auf dem Rücksitz, leckte an der Autoscheibe, wobei sein Sabber die Scheibe hinunterlief und die Armlehne des Rücksitzes traf.

»Habt Ihr irgendetwas in der Sache gehört, weswegen wir gestern telefoniert haben? Ist schon irgendetwas hier im Dorf durchgesickert? « wollte Thekla wissen.

»Aber Du hast doch extra gesagt, wir sollen nichts darüber erzählen«, gab David zurück, »wie sollen wir dann die Leute darauf ansprechen, ob sie was gehört haben? «

»Da hat Dein Sohn mal wieder Recht«, meinte Robert vom Beifahrersitz aus, immer noch den Eisbecher von David im Blick.

»Hätte ja sein können«, meinte Thekla, setzte sich wieder aufrecht in den Sitz und wollte wieder losfahren.

»Übrigens«, meinte David, »wir haben gestern mit Papa und Janas Mutter über unsere Studienpläne gesprochen und ich bin doch zu dem Entschluss gekommen, nicht Theologie zu studieren«.

»Hat Bernd Dich belabert? « fragte Thekla, die eigentlich noch hinzufügen wollte, ob die vollbusige neue Freundin von Bernd etwas dagegen gehabt hätte. Thekla hatte immer noch einen leicht versteckten Hass gegen diese Frau, da sie der Meinung war, nur wegen der Größe ihres Busens hätte sich Bernd vor einigen Jahren gegen sie und für Doris Kaminski entschieden. Da Jana Kaminski, die Tochter von Doris aber jetzt Davids Freundin war, und nun neben ihm stand, verkniff sie sich diese Bemerkung.

»Nein, er hat mich diesmal nicht belabert, aber wir sind in einem langen und konstruktivem Gespräch zu dem Resultat gekommen, dass ich „Gottes Wort" und die Realität seiner Existenz, durchaus auch im täglichen Leben als eventueller Kriminalbeamter in mein Leben integrieren und durch mein aktives Handeln, weitergeben kann«.

»Das sind weise aber sicherlich auch wahre Worte«, meinte Robert vom Beifahrersitz aus, »also ist Dein Wunsch in den Polizeidienst zu gehen, wieder erwacht? «

David kniff die Lippen zusammen und nickte.

»Ich finde«, meinte Thekla, die eine stets um ihr Kind besorgte Mutter ist, »das ist eine gute Entscheidung. Leider müssen wir jetzt weiter, denn „er", Thekla zeigte mit dem Daumen ihrer linken Hand an ihrem Kopf vorbei in Richtung Rücksitz, wird gleich von seinen Besitzern abgeholt«.

»Alles klar«, David hob seine linke Hand und meinte, »macht´s gut ihr Zwei«. Dabei gab er wieder den Blick auf seinen Eisbecher frei, woraufhin der Hund erneut an der Seitenscheibe leckte.

*

Sie hatten sich, als sie ins Bett gegangen waren unglaublich zärtlich geliebt, doch es war nicht wie sonst. In ihrem Unterbewusstsein hatten sich die Bilder der grausigen Fälle, die sie gerade bearbeiteten dermaßen eingebrannt, dass Robert nicht zur Ruhe kam. Thekla hatte sich nackt in ihre Decke eingehüllt und schlief bereits. Robert hingegen konnte keinen Schlaf finden. Er betrachtete den nackten Oberkörper von Thekla, die im Schlaf die Decke ein wenig zur Seite geschlagen hatte. Er schaute auf ihre sanfte Haut und ihren kleinen straffen Busen. Theklas Bindegewebe war an allen Stellen straff und man sah ihr, das fast tägliche Fitnesstraining und den

Kick-Box-Sport an, den sie seit einiger Zeit betrieb.
Robert beschlich unmenschlicher Zorn bei dem
Gedanken, jemand könnte diesen Körper schänden, indem
er Fleischstücke herausschnitt. Nach fast einer Stunde
wälzte sich Robert immer noch von einer Seite zur
anderen. Die Gedanken schossen wild durch seinen Kopf.
Sein Unterbewusstsein brachte immer wieder neue Bilder
der vergangenen Tage in seinen Kopf. Er dachte daran,
wie er mit Thekla und ihrem Vater morgens gefrühstückt
hatte und daran, wie er in dem Restaurant „Zum alten
Stallberg" sein Essen bestellt hatte. Er und Thekla wollten
dort essen gehen, hatten sich jedoch für eine Bestellung
entschieden und er dachte daran, wie er mit Sir Q auf der
Siegwiese getobt hatte, während Thekla und die anderen
in den aktuellen Mordfällen ermittelten. Robert musste
grinsen, als er daran dachte, Theklas Wunsch nach einem
eigenen Hund eventuell nachzugeben. Als er daran
dachte, dass der stressige Arbeitsalltag der
Mordkommission einen geregelten Tagesablauf eines
Hundes jedoch nicht möglich machte und das Tier
eventuell den ganzen Tag über alleine zu Hause sein
würde, verwarf er die positiv gestimmten Gedanken
wieder. Vielleicht wäre es sinnvoller, einer Katze, unter
Umständen aus dem Troisdorfer Tierheim, ein neues
Zuhause zu ermöglichen. Roberts Unterbewusstsein war
wieder aktiv und produzierte nun die Erinnerung daran,
wie er mit dem Hund wieder von der Siegwiese in
Richtung „Imbiss-Paul" fahren wollte. Beim

Wendemanöver auf der schmalen Straße, die zum „Restaurant Siegblick" führte, musste er etwas rangieren, da dicht vor ihm ein kleiner dunkler Lieferwagen stand. Zwar hatte er ihn nur für einige Sekunden gesehen, aber irgendwie hatte er nun das Gefühl, diesen Wagen wiedergesehen zu haben. Er versuchte, sich Einzelheiten ins Gedächtnis zurückzurufen. Es war ein kleiner Lieferwagen, eventuell ein VW-Caddy. Wenn er sich jetzt recht erinnerte, war es ein dunkles Braun. Wieso hielten seine Gedanken nun an dieser Begebenheit fest? Wie vom Blitz getroffen schoss er hoch und setzte sich aufrecht ins Bett. Er war sich fast sicher, diesen Wagen in Weilerswist vor dem Haus von Klaus Soler gesehen zu haben. Er erinnerte sich daran, dass dort ein dunkler Renault-Rapid stand. Die Größe und die Bauart stimmten mit dem Wagen an der Siegwiese überein. Er weckte Thekla und erzählte ihr aufgeregt von seinen neuen Erkenntnissen und dem Verdacht. Thekla meinte im Halbschlaf:

»Lass uns morgen früh im Präsidium der Sache nachgehen. Nun möchte ich gerne noch etwas schlafen«.

Nachdem Thekla sich wieder in ihren Träumen befand, Robert aber aufgrund seiner richtungsgebenden Gedanken weiterhin nicht zur Ruhe kam, stand er auf, ging hinunter in die Küche und machte sich eine Flasche Warsteiner auf, die er genüsslich trank.

*

Lisa Drollig betrat die Diele ihrer zweieinhalb Zimmer Wohnung im Siegburger Stadtteil „Zange", die sie erst vor einigen Monaten bezogen hatte. Die Wohnung lag im Dachgeschoss eines älteren Mehrfamilienhauses, dessen Wärmedämmung noch dem Stand von vor vierzig Jahren entsprach. Dies war auch der Grund, weshalb Lisa sich, wie die meisten der Bewohner, auch anderer Dachgeschosswohnungen, vom Frühsommer bis in den Herbst, unbekleidet in der Wohnung bewegte, da es sich dort sehr aufheizte. Der Anrufbeantworter auf dem Beistellschrank in der Nähe der Garderobe, zeigte an, dass einige „Anrufe in Abwesenheit" eingegangen waren. Lisa drückte auf den Wiedergabeknopf des kleinen Gerätes. Während sie die Jacke aufhing, ihre Dienstwaffe im Schrank hinter der Türe der Abstellkammer deponierte und sich dann aller lästigen Kleidungsstücke bis auf den Slip entledigte, hörte sie die blechern klingende Stimme:

Lisa hielt in ihrem Bewegungsablauf inne. Sie wollte konzentriert hören, wer angerufen hatte.

»Hallo Lisa Schätzchen, Sylvia hier. Nach langer Zeit wollte ich mich mal wieder bei Dir melden und fragen, ob Du vielleicht Lust hast, dass wir uns heute Abend treffen, um etwas zu unternehmen. Eine Freundin und ihr Mann haben mich eingeladen, den Abend gemeinsam zu

verbringen, um mir ihr neues Zuhause zu zeigen. Sie
meinten, ich könne gerne noch jemanden mitbringen. Da
wir zwei uns schon länger nicht gesehen haben dachte ich,
es wäre schön, wenn Du dabei wärst. Ruf einfach zurück,
wenn Du Lust hast«.

Lisa ging unter die Dusche und brauste sich erst
lauwarm, dann mit kaltem Wasser ab. Sie dachte über den
Anruf nach. Sylvia war eigentlich die beste Freundin von
Thekla, die bereits seit ihrer Schulzeit befreundet waren.
Sie hatte sich bereits kurz nach dem Abi bei Thekla
geoutet, dem eigenen Geschlecht näher zu stehen, als zu
Männern. Trotzdem hatte Sylvia, um nach außen hin den
Schein zu wahren, geheiratet. Diese Ehe verlief bereits
nach wenigen Monaten so, dass der Ehemann die
Scheidung einreichte und Sylvia sich nun auch in der
Öffentlichkeit dazu bekannte, lesbisch zu sein. Viele
Freunde, selbst bekannte Ehepaare, zogen sich daraufhin
zurück. Die einzig wahre, nicht sexuell basierte
Freundschaft zu der langjährigen Freundin Thekla, hielt
die ganze Zeit an. Die beiden Frauen hatten sich zur
Angewohnheit gemacht, einmal monatlich eine große
Saunalandschaft in Bonn aufzusuchen, um dort dem
Arbeitsalltag zu entfliehen und zu relaxen. Bei einem
dieser „Saunatreffen" war auch Lisa eingeladen. Es
machte Lisa, die selber bisexuell war Spaß, die beste
Freundin von Thekla kennenzulernen und gute Gespräche
zu führen. Auch zwischen Lisa und Sylvia entwickelte

sich mit der Zeit eine Freundschaft. Die Beiden hatten zwar nach dem Genuss einiger Gläser Sekt, einmal sexuellen Kontakt und man verbrachte die Nacht miteinander, jedoch merkten beide am nächsten Morgen, dass eine nähere Beziehung nicht in Betracht kam. Da Thekla die „beste Freundin" von Sylvia, aber gleichzeitig auch die Vorgesetzte von Lisa war, einigte man sich darauf, als Freundinnen zu verbleiben, was auch sehr gut funktionierte. Nachdem Lisa nun die Dusche verlassen und sich abgetrocknet hatte, streifte sie sich Slip und ein Shirt mit dünnen Spaghettiträgern über, griff zum Telefon und rief Sylvia an.

»Schön, dass Du Dich noch meldest«, meinte Sylvia nach der Lisas Begrüßung, »ich wollte gleich los. Hast Du Lust mit zu Ramona und Martin zu fahren? Es ist ein befreundetes Ehepaar, die in ein neues Haus am Ortsrand von Siegburg-Seligenthal gezogen sind und mir nun das neue Heim zeigen wollen. Es wird bestimmt ein lustiger Abend«.

Lisa, die von den grausigen Fällen, in denen die Mordkommission gerade recherchierte, etwas Abstand gewinnen wollte, willigte gerne ein. »Hoffentlich«, so dachte sie, »komme ich so auf andere Gedanken«.

Dreizehn Minuten später klingelte Sylvia, die mit ihrem Wagen aus Bonn-Hoholz angefahren war, an Lisas

Haustüre, die daraufhin ihre Wohnung im Dachgeschoß verließ und zu ihrer Freundin ins Auto stieg. Der Weg führte vom Ortsteil „Zange" aus, am Polizeipräsidium vorbei, über die Wahnbachtalstraße in Richtung Kaldauen und dann den Berg hinunter, vorbei am Gartencenter Ahrens & Sieberz. »Hier muss eigentlich die „Seligenthaler Straße" abgehen, meinte Sylvia, als sie das Gartencenter passiert hatten.

»Ich glaube«, meinte Lisa, »das Straßenschild habe ich eben gegenüber dem Gartencenter gesehen.

Sylvia wendete den Wagen und fuhr zurück bis zu der Stelle, an der das besagte Straßenschild stand. Nun mussten die Beiden noch einige hundert Meter den Berg hinauf in Richtung der Wahnbachtalsperre fahren. »Hier ist es, - Hausnummer Zweihundertsiebenundneunzig«, meinte Sylvia und hielt vor einem prachtvollen, am Berghang gelegenen Domizil an.

»Angeber und „Zur Schausteller"« dachte Lisa, als sie den Wagen verlassen hatten und sie den mit Kameras bewachten palastartigen Bau erblickte. Eigentlich hatte sie schon keine Lust mehr auf diesen Abend. »Da wäre ich doch besser zu Hause geblieben«, dachte sie.

Als sie die Gastgeber kennengelernt hatte und auf die Terrasse mit großem Swimmingpool geführt wurde, staunte Lisa nicht schlecht über den tollen Ausblick über die Siegwiesen hinweg in Richtung Hennef. Als sie dann jedoch, den aufgebauten gasbetriebenen Grill und die daneben liegenden frisch geschnittenen Steaks, die in ihrem frischen Blut lagen sah, musste sie an den Anblick der beiden Leichen denken, deren Fall sie gerade bearbeiteten. Lisa übergab sich neben der Terrasse in das frisch angelegte Blumenbeet. Der Abend war gelaufen.

*

Thekla betrat um neun Uhr fünfzehn gut gelaunt den Gang in der zweiten Etage des Polizeipräsidiums und wollte die Kollegen begrüßen. Sie wollte von Roberts Erinnerung erzählen und nach der Kollegenmeinung fragen, wie nun ihrer Meinung nach am besten vorgegangen werden solle. Sie öffnete Lisas Bürotür und staunte, als diese nicht am Schreibtisch saß. Nachdem sie sah, dass auch Peter und eine Türe weiter auch Sybille nicht an ihrem Platz waren, drehte sie sich zu Robert um und meinte:

»Wo sind die denn alle? «

Robert, der schon einige Meter weiter gegangen war, vernahm Geräusche aus dem Besprechungsraum. Er lehnte die linke Seite seines Kopfes leicht gegen die Türe um zu lauschen. Dann meinte er:

»Ich glaube unser Psychofuzzi spricht da drin«.

Thekla ging schnellen Schrittes an die entsprechende
Türe, klopfte zweimal kurz hintereinander, um sie dann
fast im gleichen Moment, zu öffnen. Als sie in die
verdutzten Gesichter von Felix Bähr, ihrem Team und
Alfred Bollenkamp sah, meinte sie, »Oh, - sorry, - ich
wusste nicht dass Ihr hier tagt, da ich der Meinung war,
Teambesprechungen würden nicht ohne mich stattfinden«.

Fred, wie alle den Chef der drei Dienstgruppen der
Mordkommission nannten, hatte Theklas indirekte
Aussage als erster erkannt und meinte:»Ich hatte Herrn
Bähr gebeten, uns sein Wissen hinsichtlich eines
möglichen Täterprofils in Sachen Kannibalismus,
nahezubringen. Wir hatten hier schon mal angefangen, um
schnellstmöglich auf einen gewissen Stand, gebracht zu
werden«.

Thekla liebte das feine Gespür ihres Vorgesetzten,
Situationen blitzschnell einzuschätzen, sich aber immer
wieder vor seine Mitarbeiter zu stellen, ohne dass diese
ihr Gesicht verlieren. Er hatte genau erkannt, dass Thekla
sauer darüber war, als Dienstgruppenleiterin nicht an
solchen Vorträgen teilhaben zu können oder diese nicht
selbst angeordnet zu haben. Als Thekla und Robert auf
den beiden letzten freien Stühlen des Raumes Platz

genommen hatten, fuhr der Polizeipsychologe mit seinem Vortrag fort:

» … es ist also so, dass hier eine tief verwurzelte Störung vorliegen muss. Der Drang danach, Menschenfleisch zu essen, kann auf die Thesen Sigmund Freuds zurückgreifen und in mangelnder frühkindlicher emotionaler Zuneigung begründet sein. Wenn die Mutter, aus welchen Gründen auch immer, ihr Neugeborenes nicht Stillen kann oder will, kann der von außen unterdrückte Instinkt nach Wärme und Speiseaufnahme prägend sein. Die fehlende Wärme der Brust und der hungerstillenden Brustwarze, kann sich in einer später auftretenden zwanghaften Persönlichkeitsstörung manifestieren. Diese tritt meistens zwischen der vollendeten Pubertät und dem mittleren Erwachsensein zu Tage. Dem gegenüber steht meine eigene Einschätzung des Kannibalismus. Ich bin der Meinung, hier handelt es sich weitgehend um eine Form von paranoider Schizophrenie, die hier durch eine wahnhafte Störung in Form von Wahngedanken oder Wahneingebung gesteuert wird«.

»Heißt dass«, fragte Lisa dazwischen, »dem Täter wird von außen, also in seinen Gedanken eingegeben, er müsse nun unausweichlich, die eine oder andere Tat begehen und diese dann als ein für ihn richtiges Verhaltensmuster, durchführen? «

»Genauso ist es, - vielen Dank dafür, dass Sie ein gesteigertes Interesse an meiner Ausführung haben. Der Täter hat dann den Zwang, gewisse Taten, die ihm „eingegeben" werden, zu vollenden. Es wurde in den letzten Jahren häufig beobachtet und dokumentiert, dass hier, warum das so ist wissen wir noch nicht, gewisse astrologische Konstellationen, bis hin zum monatlich erscheinenden Vollmond, eine Rolle spielen«.

Robert erhob sich von seinem Stuhl und meinte: »Also Entschuldigung, aber für mich hat der Täter einfach einen an der Klatsche. Der gehört weggesperrt bis ans Ende seiner Tage. Ihr könnt hier gerne weiter theoretische Grundlagenforschung hinsichtlich unseres Täters betreiben, - ich jedoch muss jetzt dringend telefonieren«.

Auch Thekla erhob sich von ihrem Platz. »Robert hat Recht«, meinte sie, »wir haben eine mögliche heiße Spur, der wir nachgehen müssen. Zielführend dürfte es nun das Beste sein, wir führen dieses Meeting zu einem anderen Zeitpunkt fort. Lisa, - Peter, - wir brauchen Euch jetzt in meinem Büro. Wenn möglich sofort! «

Das war eine Ansage. Peter und Lisa sahen sich gegenseitig an und erhoben sich wortlos von ihren Stühlen. So hatten sie Thekla selten gehört. Sie folgten Robert und Thekla in deren Büro und schlossen die Türe. Thekla brachte die beiden Kollegen auf den Stand der

Überlegungen, die Robert in der letzten Nacht getroffen hatte.

»Ob der Mann nun an der Mutterbrust gesogen hat oder nicht, ist mir ziemlich Latte«, meinte Robert ziemlich aufgebracht, »wir haben es hier mit einem möglichen Serientäter zu tun«.

»Aber Ihr hattet doch die Hotelrechnung des Hotels gesehen, in dem Herr Soler übernachtet hatte. Er hat also ein unerschütterliches Alibi«, meinte Peter.

»Das ist richtig«, warf Lisa, die noch in Gedanken war, ein »doch wer sagt uns, ob die Rechnung nicht bereits am Abend vorher beglichen wurde und Herr Soler gar nicht dort übernachtet hatte, sondern kurzerhand wieder das Hotel verließ, um nach Siegburg zurückzufahren? «

»Ein sehr guter Gedankengang« meinte Thekla anerkennend.

Robert wählte die Nummer des Hotels in Bad Kreuznach.

»Hotel „Zur Sonne", - Guten Tag, - Was kann ich für Sie tun? « meldete sich eine junge freundliche Stimme.

»Guten Tag, - hier ist die Kriminalpolizei Siegburg, Hanf am Apparat. Können Sie mir bitte sagen, ob ein gewisser Klaus Soler in der vorletzten Nacht bei Ihnen übernachtet hat und ob er wirklich zweimal im Monat bei Ihnen absteigt? Ich meine natürlich in ihrem Hotel und nicht bei Ihnen privat«. Robert wollte mal wieder einen seiner ureigenen Scherze machen, was in diesem Fall jedoch ziemlich daneben ging.

»Also hören Sie mal, - was sollen diese Anspielungen? Immer diese obszönen Anrufe, - lassen Sie das gefälligst«. Die Inhaberin des Hotels legte den Hörer auf. Robert hielt sein Smartphone etwa dreißig Zentimeter vor sein Gesicht und schaute auf das Display. »Aufgelegt«, sagte er ganz verblüfft.

»Kein Wunder«, meinte Thekla, »bei der indiskreten Fragestellung«.

»Wieso indiskret? Ich wollte meine Frage doch nur konkretisieren« gab Robert als Antwort.

Thekla nahm nun ihr Smartphone und wählte die Nummer, die Robert ihr diktierte.

»Hotel „Zur Sonne“, - Guten Tag, - Was kann ich für Sie tun? « meldete sich die Frau am Telefon ebenso freundlich, wie eben bei Robert.

»Guten Tag, hier spricht Thekla Sommer aus dem Polizeipräsidium Siegburg. Mein Kollege hatte eben schon einmal versucht Sie anzurufen, - leider wurde die Leitung unterbrochen«, meldete sich Thekla, betont freundlich, um den Fauxpas Roberts auszubügeln. »Wir ermitteln hier in einem Fall und hatten Herrn Soler als Zeugen vernehmen wollen. Er meinte jedoch, er sei zu der genannten Zeit gar nicht hier, sondern bei Ihnen im Hotel gewesen. Wir müssen dieser Aussage nachgehen und wollten uns bei Ihnen danach erkundigen«.

»Sorry, - aber wir geben keine Auskünfte über unsere Gäste, - und schon gar nicht am Telefon«.

Nun wurde Thekla etwas ärgerlich und ihre freundlich wirkende Art wechselte in ihren ernsteren Ton, den sie als Dienstgruppenleiterin an den Tag legte. »Das kann ich sehr gut verstehen«, meinte sie, »dann müssen wir zwei Streifenwagen aus Bad Kreuznach bei Ihnen vorbeischicken. Ich weiß allerdings nicht, ob die Kollegen mit Blaulicht und Martinshorn bei Ihnen vorfahren. Es kann sein, dass die Beamten nicht so vorsichtig bei Ihnen an der Rezeption nachfragen und ob Ihre Gäste von der Aktion auf ein vermeintliches Geschehen aufmerksam werden?

Diese Aussage zeigte Wirkung!

»Wann meinten Sie, war der Übernachtungstag? «
fragte die Dame im Hotel „Zur Sonne" nun kleinlaut.

»Vorgestern Nacht« wiederholte Thekla den bereits
von Robert genannten fraglichen Zeitraum.

Zwei Minuten später meldete sich die Frau wieder.
»Nein, - vorletzte Nacht war er nicht hier. Er kommt alle
zwei Wochen, aber das letzte Mal war vor einer Woche.
Er kommt schon fast ein Jahr und vorige Woche erzählte
er mir, als ich ihm den Kaffee zum Frühstück brachte, er
würde hier im Ort einen Psychotherapeuten konsultieren.
Ich sagte ihm, dass ich den Arzt kenne und ich auch schon
dort war, weil ich schlecht schlafe, wenn Vollmond ist. Er
meinte dann zu mir, er sei auch wegen des Vollmonds bei
ihm in Behandlung«.

»Und Sie sind sich sicher, dass er letzte Woche das
letzte Mal bei Ihnen war? « fragte Thekla noch einmal.

»Ganz sicher«, meinte die Frau am Telefon.

»Danke sehr, - Sie haben uns sehr geholfen«. Thekla
beendete das Gespräch und schaute Robert an. »Du hast
doch die Übernachtungsrechnung in der Hand gehabt, -
was war denn da für ein Datum drauf? « fragte sie.

Robert schaute verdutzt, - überlegte angestrengt und schlug sich mit der flachen Hand gegen die Stirn. »Aufs Datum habe ich gar nicht geschaut, - nur auf den Hotelnamen und den Rechnungstext«.

Thekla schüttelte den Kopf, blickte in die Runde der Kollegen und meinte, als sie von ihrem Stuhl aufstand: »Also los, - holen wir ihn uns! «

Man hatte nicht gezögert und die zwei uniformierten Polizisten der Polizeidienststelle in Weilerswist drangen, ohne auch nur eine Sekunde zu warten, links und rechts von Herrn Soler ins Hausinnere vor, als dieser die Haustüre öffnete. Sofort legten sie ihm Handschellen an die, auf dem Rücken zusammengehaltenen Arme, an.

»Herr Soler, ich nehme Sie unter dem dringenden Tatverdacht fest, Herrn Heiko Honecker und Frau Konstanze Will auf heimtückische Weise ermordet zu haben. Weiterhin wird Ihnen vorgeworfen, nach §168 Strafgesetzbuch, Leichenschändung begangen zu haben, um Teile der Verstorbenen zu verspeisen. Laut Strafgesetzbuch ist dies eine „Störung der Totenruhe" und „beschimpfender Unfug"«.

Die letzten Worte Theklas nahm der Mann nicht wahr. Er senkte wie in Trance den Kopf und sagte leise: »Ich weiß auch nicht, warum ich das getan habe. Meine Ehe scheiterte bereits daran, dass ich immer, wenn Vollmond war „schlafwandelte" und mich meine Frau manchmal nachts im Garten umherlaufend einsammelte. Ich wusste am nächsten Morgen nie etwas davon. Als ich dann aber mehrmals wieder bei Vollmond, meine Frau beim Beischlaf würgte und sie beinahe erstickte, war es ihr zu viel geworden und sie verließ mich. Seit langer Zeit bin ich schon in Behandlung bei einem Psychiater in Bad Kreuznach. Er war guter Dinge, diese Störung in den Griff zu bekommen, - und jetzt der Rückfall.

»Diese Geschichten können Sie gerne dem Haftrichter erzählen oder den Mitinsassen der geschlossenen Psychiatrie, in die sie, - ich hoffe sehr, eingewiesen werden. Hoffentlich lebenslang! « meinte Robert und drehte sich mit Thekla um. Sie begleiteten den Beschuldigten und die uniformierten Kollegen zu deren Streifenwagen und baten darum, den Mann ins Polizeipräsidium in Siegburg zu bringen. Dort würde er dem Haftrichter vorgeführt. Die Kollegen nickten, setzten Herrn Soler auf die Rückbank des Wagens und auf dessen Nebensitz eines der Beamten. Als der andere Kollege ebenfalls einstieg und den Wagen startete, öffnete Robert noch einmal die hintere Türe des Wagens, hinter der Herr Soler saß.

»Was hatten Sie mir eigentlich gestern für eine Hotelrechnung vorgelegt? « fragte er.

Herr Soler schmunzelte und sagte freudig: »die von letzter Woche, - und Sie sind darauf reingefallen«

Robert knallte die Türe wieder zu. Verärgert drehte er sich zu Thekla mit den Worten: »Lass uns fahren«, um.

Am Abend des gleichen Tages fuhr Thekla mit ihrem immer noch gekränkten „Liebsten" nach Hause. Sie wusste, womit sie ihm nun eine riesige Freude machen konnte. Als sie in Siegburg-Stallberg nicht die Straße, die am TÜV vorbei zu ihrem Haus führte, hineinfuhr, sondern in dem nur wenige Meter weiter befindlichen Kreisverkehr an der zweiten Ausfahrt rausfuhr, ahnte Robert, wohin Thekla nun hinwollte.

»Du bist einfach die Beste«, meinte Robert, als er zehn Minuten später in der, an der Hauptstraße gelegenen gemütlichen Gaststätte „Zum alten Stallberg" seine geliebten Reibekuchen verspeiste und mit einem kühlen Pils, den Genuss krönte.

ENDE

Bisher erschienen in dieser Reihe:

Mord in Siegburg

Der **erste** Fall der Kommissarin Thekla Sommer

Mord in Bornheim

Der **zweite** Fall der Kommissarin Thekla Sommer

Mord in Rheinbach

Der **dritte** Fall der Kommissarin Thekla Somme

Mord in Sankt Augustin

Der **vierte** Fall der Kommissarin Thekla Sommer

Mord im Bonner "Regierungsviertel"

Der **fünfte** Fall der Kommissarin Thekla Sommer

Mord in Siegburg-Zentrum

Der **sechste** Fall der Kommissarin Thekla Sommer

Mord in Wesseling

Der **siebte** Fall der Kommissarin Thekla Sommer

Mord in Hennef

Der **achte** Fall der Kommissarin Thekla Sommer

Mord in Eitorf

Der **neunte** Fall der Kommissarin Thekla Sommer

Mord im Siebengebirge

Der **zehnte** Fall der Kommissarin Thekla Sommer

Morde mit "VX" (Trilogie)

> Teil 1/3 Troisdorf <

> Teil 2/3 Remagen <

> Teil 3/3 Heisterbach <

Der **elfte** Fall der Kommissarin Thekla Sommer

Mord in Niederkassel

Der **zwölfte** Fall der Kommissarin Thekla Sommer

Mord in Harmonie, -Ein Eitorf Krimi-

Der **13te** Fall der Kommissarin Thekla Sommer

Mord in Siegburg-Stallberg

Der **14te** Fall der Kommissarin Thekla Sommer

Über den Autor:

Geboren 1958, in der Zeit des Wirtschaftswunders, verbrachte er seine Kindheit, mit zwei Schwestern und zwei Halbbrüdern, in Siegburg und dem ländlichen Windeck. Geprägt von dem idyllischen Umfeld, fühlte er sich in der Stadt nie so recht wohl und er suchte sein soziales Umfeld meist in ländlichen Regionen, wie Rheinbach, Meckenheim, Bornheim oder Herchen/Sieg.

Bereits im jungen Erwachsenenalter fing er an, seine Gedanken schweifen zu lassen und niederzuschreiben. Am Anfang war es mal ein Kinderbuch oder philosophische Zeilen. Als zertifizierter Psychologischer Berater folgte ein psychologisch/spirituelles Werk. Seit einiger Zeit entspringen Krimis (aus dem Rhein-Sieg-Kreis und dem Rheinland) seinen Gedanken und dem Werk seiner Phantasie. Hier legt er aber besonderen Wert auf umfangreiche, historische Recherche hinsichtlich der Schauplätze seiner Handlungen.